बातें कम
SCAM
ज़्यादा

लेखक की अन्य पुस्तक

बातें कम SCAM ज़्यादा

नीरज बधवार

प्रकाशक • **प्रभात प्रकाशन प्रा. लि.**
4/19 आसफ अली रोड,
नई दिल्ली–110002
सर्वाधिकार • सुरक्षित
संस्करण • प्रथम, 2023
मूल्य • दो सौ पचास रुपए
आवरण • नीरज बधवार
मुद्रक • आर-टेक ऑफसेट प्रिंटर्स, दिल्ली

BAATEN KAM SCAM JYADA
by Shri Neeraj Badhwar ₹ 250.00
Published by Prabhat Prakashan Pvt. Ltd., 4/19 Asaf Ali Road, New Delhi-2
e-mail: prabhatbooks@gmail.com ISBN 978-93-5521-759-2

मजेदार सफर

मार्क ट्वेन ने कहा था कि जब भी लोग मेरी तारीफ करते हैं तो लगता है कि उन्होंने उतना नहीं कहा, जितना कहना चाहिए था। किताब की भूमिका के लिए किसी बड़े लेखक को पकड़कर अपनी तारीफ करवाने का वक्त आया है, तो मैं भी इसी डर से घिर गया हूँ। यह सोचकर ही रूह काँप जाती है कि बड़े लेखक वाकई बड़े वाले निकले और भूमिका में सच-सच लिख गए तो पाठकों की बारात आने से पहले ही मेरी डोली उठ जाएगी।

फिर लगा 'आत्मनिर्भर भारत' अभियान में लोग बड़े-बड़े स्टार्टअप शुरू कर रहे हैं तो क्या अपनी किताब की भूमिका में अपनी ही तारीफ खुद करके मैं इस बड़े मिशन में एक छोटा-सा योगदान नहीं दे सकता! वैसे भी हिंदी लेखक होने के नाते इतना ओछापन दिखाने की मुझे छूट भी है और मेरा हक भी।

तो हुआ यों कि...

2014 में मेरा पहला व्यंग्य-संग्रह 'हम सब Fake हैं' आया तो विश्व पर्यावरण को लेकर मैं काफी चिंतित था। डर था कि कहीं किताब इतनी न बिकने लगे कि नया कागज छापने के लिए अमेजन के जंगल ही काटने पड़ जाएँ और सालों तक मेरे बच्चे अंतरराष्ट्रीय अदालतों में पर्यावरणवादियों के मुकदमे ही झेलते रह जाएँ।

पर ग्लोबल वॉर्मिंग और मेरे बच्चों को लेकर देश की जनता मुझसे कहीं ज्यादा संवेदनशील निकली। अमेजन के जंगल तो दूर उसने गाजियाबाद में पेड़ की टहनी तक नहीं कटने दी। जब भी किसी से किताब खरीदने को कहा, तो उसने अमेजन की खातिर मुझे 'अबे चल' कहकर वहाँ से दौड़ा दिया।

इससे घबराकर मैंने ही खबर फैला दी कि एक हफ्ते में ही किताब का पेपरबैक एडिशन बिक गया है। जिस पर एक फैक्ट चेकर ने खुलासा किया कि जो बिका है वो एडिशन नहीं, प्रकाशक का घर है। मैंने किताब के साथ एक यूजर की भेजी सेल्फी फेसबुक पर पोस्ट कर जनता से उसके पदचिह्नों पर चलने का आह्वान किया और इससे पहले कि जनता सेल्फी कैमरा ऑन कर पाती, उसी यूजर ने पोस्ट पर कॉमेंट लिख दिया...भैया, दो दिन हो गए सेल्फी भेजे, अब तो वादे के मुताबिक मेरे खाते में 50 रुपए जमा करा दो।

यूजर के इस कॉमेंट के बाद मुझे 6 महीने जेल में गुजारने पड़े, क्योंकि सुपारी देकर जिन गुंडों के हाथों उसे पिटवाया था, वे पुलिस की ज्यादा मार नहीं झेल पाए और अदालत में मेरा नाम उगल बैठे।

मगर किताब की लोकप्रियता पर ऐसी वारदात का कोई असर नहीं पड़ा। वह हर दिन नए आयाम छूती जा रही थी। आलम यह था कि रिलायंस ग्रुप के बिग मैजिक चैनल ने मशहूर टी.वी. एक्ट्रेस कविता कौशिक को लेकर **'Hum Sab Fake Hain'** नाम से एक कार्यक्रम ही शुरू कर दिया। किताब की तरह कार्यक्रम भी इतना मशहूर हुआ कि वो कब आया और कब बंद हो गया, किसी को पता तक नहीं चला।

किताब को मिली इस घनघोर सफलता ने मेरा और प्रकाशक का इतना हौसला बढ़ाया कि 9 साल तक मेरी लिखने और उनकी मेरा लिखा छापने की हिम्मत ही नहीं पड़ी।

फिर भी...

जब किसी ने बताया कि उसने आज तक अपनी माँ को इतना हँसते नहीं देखा था, तो खुशी हुई। किसी ने शिकायत की कि आपकी किताब पढ़ते-पढ़ते मेट्रो में 3 स्टेशन आगे निकल गया था, तो मुसकरा दिया। किसी महिला ने मैसेज कर बताया कि अपने चंद महीनों के बच्चे की मौत के बाद, मेरी किताब पढ़ने पर ही वो लंबे समय के बाद डिप्रेशन से बाहर आ पाई, तो ईश्वर के लिए दिल से सिर्फ धन्यवाद निकला। अपने लिखे की थोड़ी-बहुत सार्थकता समझ आई।

लोगों के इसी प्यार, स्नेह और ऊर्जा को आधार बनाकर एक बार फिर कुछ रचनाएँ आपके हवाले कर रहा हूँ। रचनाएँ अच्छी बनी हैं या बुरी, ये तो पाठक ही तय करेंगे, मगर इतना जरूर कह सकता हूँ कि इन्हें लिखने, सुधारने और सँवारने में मैंने अपना सबकुछ झोंक दिया है।

अगर विषय हल्का-फुल्का है तो इस बात का तनाव नहीं लिया कि कैसे इस लेख से मानवजाति को कोई बड़ा संदेश दिया जाए और विषय गंभीर है, तो सहज ही वहाँ हास्य के बजाय व्यंग्य प्रधान हो गया। लेकिन इतनी कोशिश जरूर रही कि गंभीर व्यंग्य रचनाएँ भी विट से अछूती न रहें वरना वे बोझिल हो जाती हैं।

मेरा मानना है कि अच्छा हास्य-व्यंग्य कभी उपदेश का चोला पहनकर नहीं आता। वो आपको हमेशा सही-गलत पर ज्ञान नहीं देता। वो हरदम गिरते नैतिक मूल्यों की बात कर मनहूस शक्ल बनाए नहीं बैठता। वो एक हँसमुख दोस्त की तरह आता है। खूब हँसी-मजाक करता है। माहौल को हल्का करता है और जाते-जाते कुछ ऐसा कह जाता है कि आप रुककर उस पर विचार करने लगें।

यह पहाड़ों की धार्मिक यात्रा की तरह है, जो आपको घूमने का

आनंद तो देती ही है, साथ ही यह गर्व भी दे जाती है कि आपकी यात्रा का एक पवित्र मकसद है। ऐसी यात्रा जहाँ पवित्रता अंतिम गंतव्य है, लेकिन सफर मजे से भरा हुआ है।

—नीरज बधवार

शुक्रिया...

*माँ-बाप का, जिन्होंने मुझे सोचने की छूट दी और
कभी उस छूट का हिसाब नहीं माँगा।*

*पत्नी मीतू का, जिसने मुझे लिखने का वक्त दिया और मेरे लिखे
को सुधारने के लिए हमेशा वक्त निकाला।*

और

*अपने बच्चों स्वरा और विराज का, जिन्होंने बताया कि आपके लिखे
तमाम अल्फाज और जीवन में मिली तमाम तारीफों से ऊपर होती है
वह खुशी, जब आपका नन्हा बच्चा खेलते-खेलते किसी पल आपकी
छाती पर सर रखकर चुपचाप सो जाता है...*

हँसने का मतलब यह नहीं कि आप जीवन की गंभीरता को नहीं समझते। इसका मतलब है कि आप जीवन की व्यर्थता को समझ चुके हैं।

—नीरज बधवार

अनुक्रम

जब मैं बना चीप गेस्ट

हिंदी लेखक को तिरस्कार सहने की ऐसी आदत होती है कि गलती से कभी इज्जत मिल जाए, तो बजाय यह सोचने के कि मैं डिजर्व करता हूँ, वह सम्मान देनेवाले को ही फालतू मानने लगता है। पिछले हफ्ते एक कार्यक्रम में मुख्य अतिथि बनने का न्योता मिला, तो आयोजकों को लेकर ऐसा ही खयाल आया। पहले सोचा कि मना कर दूँ, फिर यह सोचकर 'हाँ' कर दी कि बड़ी संस्थाएँ बुला नहीं रहीं और जो बुला रहे हैं, उन्हें भी मना कर दूँगा, तो बतौर 'चीफ गेस्ट' मेरी लॉन्चिंग कब हो पाएगी? सम्मान के अंतरिक्ष में मेरा लैंडर कैसे अपनी कक्षा में स्थापित हो पाएगा?

कार्यक्रम दूसरे शहर में था। इसलिए जब वहाँ जाने की बात चली, तो हवाई और ट्रेन टिकट तो मेरे जेहन में था ही नहीं। डर था तो इस बात का कि कहीं वे मुझे नजदीकी सब्जी मंडी से किसी प्याज के ट्रक पर लटककर आने की सलाह न दे दें! ...और आते वक्त उसी ट्रक से आधा किलो प्याज चुराकर लाने का आग्रह न कर दें, ताकि वहाँ पहुँचने पर मुझे उसी प्याज के पराँठे खिलाए जा सकें, मगर ऐसा कुछ नहीं हुआ। उन्होंने मुझे ससम्मान गालगाड़ी से आने का टिकट दिया।

स्टेशन से निकलते ही देखा कि मुझे रिसीव करने एक ड्राइवर आया हुआ है। शक हुआ कि कहीं ये लोग मुझे 'गोपालदास नीरज' की गलतफहमी में तो इतनी इज्जत नहीं दे रहे। बीच रास्ते में उसने गाड़ी का ए.सी. बंद कर दिया तो मैं और सहम गया। लगा, ड्राइवर को पता चल गया है कि ये 'गोपालदास नीरज' नहीं, शेयरिंग ऑटो में ड्राइवर की गोदी में बैठकर सफर

करनेवाला 'नीरज' है। घबराहट हुई कि वह बीच रास्ते में ही मुझे किसी इ-रिक्शा के पीछे रस्सी से बाँधकर बस स्टैंड रवाना न कर दे।

इसी घबराहट और बेचैनी के साथ मैं 10 मिनट में कार्यक्रम स्थल पहुँच गया। वहाँ पहुँचा तो यह देखकर और तकलीफ हुई कि एक पुलिस अधिकारी और नामी स्कूल की प्रिंसिपल की मौजूदगी में मुझे मुख्य अतिथि बनना था।

समझ नहीं पा रहा था कि इसे उपलब्धि मानते हुए जश्न मनाऊँ या देश की कानून और शिक्षा व्यवस्था के इस असम्मान पर आँसू बहाऊँ। इससे पहले कि मैं आँसू बहाने के लिए बाथरूम का रुख करता, पीछे से आवाज आई... "नीरजजी, दीप प्रज्वलित करने का वक्त हो गया है!"

सारी उम्र कमरे की लाइट बंद न करने के लिए पहले माँ-बाप और फिर बीवी की डाँट खानेवाले शख्स को आज दीप प्रज्वलित करने को कहा जा रहा था! यह सुन मन फिर भावुक हो गया। दिल कर रहा था कि अपना ही एक बाजू गरदन के पीछे ले जाकर खुद ही खुद को गले लगा लूँ!

ऊपर से नीरज के आगे इतनी बार 'जी' लगाया जा रहा था कि पहले दस-बीस मिनट तो समझ ही नहीं आ रहा था कि मुझे ही बुलाया जा रहा है। खुद के लिए 'अबे' सुनने की ऐसी आदत पड़ चुकी है कि टी.वी. में भी कोई 'सुन बे' बोलता है तो मेरे मुँह से 'जी सर' निकल जाता है।

हिम्मत जुटा जैसे-तैसे दीप प्रज्वलित करने पहुँचा तो वही पुलिस अधिकारी और प्रिंसिपल मेरे सामने खड़े थे। डर लग रहा था कि नाराज पुलिस अधिकारी मुझसे गाड़ी की आर.सी. और ड्राइविंग लाइसेंस दिखाने को न बोल दें और न दिखा पाने पर उसी दीप से मेरी पतलून में आग लगाकर मुझे ही प्रज्वलित न कर दें।

जब-जब लेडी प्रिंसिपल से नजर मिली, तो यह सोचकर ही रूह काँप गई कि वे 'पास्ट परफेक्ट टेंस' सुनाने के लिए न कह दें और न सुना पाने पर डायस पर ही मुझे मुरगा न बना दें और वहाँ मौजूद शरारती बच्चे पिछवाड़े पर स्केल मारकर 'मुरगे' की जान न ले लें।

दीप प्रज्वलन के बाद बारी थी बच्चों से दो शब्द कहने की। अब मुझ

जैसे दरिद्र हिंदी लेखक की त्रासदी समझिए, खुद तो आधी जिंदगी संपादकों से इस बात पर झगड़ने में बीत गई कि लेख के 250 रुपए की जगह 400 कर दो। महीने में एक की जगह दो बार छाप दो। ट्रेन से उतरने के बाद से कशमकश में था कि रास्ते में जो 10 रुपए की फ्रूटी पी थी, उसके पैसे आयोजक से लूँ या नहीं? कार्यक्रम में पहनने के लिए जो कोट प्रेस करवाया था, उसके 50 रुपए खर्च में जोड़ूँ या नहीं? और बच्चों को संबोधित करते हुए मुँह से पहली बात यह कहनी पड़ी कि प्यारे बच्चो, जिंदगी में कभी पैसे के पीछे मत भागना!

इस तरह कुछ घंटे और दोगलापन दिखाने और ताबड़तोड़ मिली इज्जत की बेइज्जती सहने के बाद कार्यक्रम समाप्त हो गया। कार्यक्रम के आखिर में मुझे एक महँगा-सा मोमेंटो दिया गया, जिसे देखकर यही खयाल आया कि इस पर खर्च किए डेढ़ सौ रुपए को भी आयोजक मेरे चेक में जोड़ देते तो कितना बेहतर होता!

घर लाने के बाद मोमेंटो को मेन गेट के सामने पड़े फ्रिज पर रख दिया है। इसी चक्कर में हर वक्त दरवाजा भी खुला रखना पड़ता है, ताकि आते-जाते गलीवालों की नजर पड़ती रहे। दरवाजा खुला देखकर गली का एक लँगोटिया दोस्त कल घर भी आ गया और मोमेंटो देखकर बोला...अबे साले! ये कहाँ से मार लिया!

□

घूमने-फिरने का टारगेट

साल-छह महीने बाद बंदा घूमने जाता है तो सोचता है कि कुछ दिन रिलेक्स करेगा, अच्छी पुस्तकें पढ़ेगा, योग करेगा, हलका खाना खाएगा, चेहरे पर चमक और जीवन के लिए एक नई अंतर्दृष्टि लेकर लौटेगा। मगर एक हफ्ते में 17 पैकेट मैगी खाने के बाद वह डेढ़ किलो एक्सट्रा वजन और ढेर सारा गिल्ट लेकर घर लौटता है।

घर पर रोटी पर जरा सा घी लगा दिए जाने पर गुस्से में हवाई फायर कर देनेवाला बंदा बाहर जाकर इस बात पर लड़ रहा होता है कि आलू के पराँठे के साथ अचार और दही तो ठीक है, मगर मक्खन क्या संजीव कपूर आकर लगाएगा?

घर पर चाय में चीनी का एक भी दाना डल जाने पर खानदानी तलवार निकाल लेनेवाला शख्स भी घूमने जाने पर हर दो घंटे में आइसक्रीम के बूस्टर डोज ले रहा होता है। सुबह-शाम गुनगुने पानी से जलनेति करनेवाला बंदा भी पहाड़ों पर दारू के छींटे मारकर अपनी नींद खोल रहा होता है।

आप थोड़े सुकून के लिए शहर से 30 किलोमीटर दूर किसी होम स्टे में रुककर खुद को फाह्यान की छोटी बुआ का लड़का समझ रहे होते हैं, लेकिन वहाँ घूम रहा एक ट्रैवल एजेंट आपको बताता है कि सर, आप लोग यहाँ क्या कर रहे हैं... 'असली पॉइंट' तो आगे है।

यह वह आदमी है, जिसने माउंट एवरेस्ट पर सबसे पहले पहुँचने का जश्न मना रहे एडमंड हिलेरी की पीठ पर मुक्का मारकर उसे बताया था कि भाई, इतना खुश क्यों हो रहा है...असली पॉइंट तो आगे है। इसे स्वर्ग के

दरवाजे पर भी खड़ा कर दिया जाए तो ये अपने 500 रुपए बनाने के लिए लोगों को यह कहकर कहीं और ले जाए कि स्वर्ग तो कुछ भी नहीं, असली पॉइंट तो आगे है!

वह आपको पहाड़ों पर 5 किलोमीटर ट्रैकिंग की सलाह दे रहा है और आपकी फिटनेस का आलम यह है कि सुबह नहाने के बाद जोर से तौलिया रगड़ लेने पर आपकी साँस फूल गई थी। वह ट्रैकिंग पर जाने का आप पर ऐसा दबाव बनाता है कि लगता है कि इसे 'न' कह दी तो यह तो आपको खच्चर से बाँधकर उसी पहाड़ की चोटी से नीचे गिरा देगा। और अगले दिन अखबार में खबर छपेगी...पहाड़ से गिरने पर खच्चर और गधे की हुई मौत!

आप ऑफिस के टारगेट का पीछा छुड़ाकर यहाँ आए थे और यह बंदा आते ही आपको दो दिन में 12 पॉइंट घूमने का टारगेट दे रहा है। आप बड़ा घर और बड़ी गाड़ी न होने का गिल्ट भुलाने यहाँ आए हैं और ये आते ही 'ये 12 पॉइंट घूमे बिना चले गए तो...' की बात बोलकर आपके गिल्ट बुफे में एक और डिश एड कर रहा है।

इन सारे दबावों के आगे सरेंडर कर आप फाइनली लोकल टूर करने का प्लान बनाते हैं, मगर जो ड्राइवर आपको घुमाने निकलता है, वह इस बात का खासा खयाल रखता है कि आप कहीं भी 10 मिनट से ज्यादा रुककर पहाड़ों की साफ हवा अपने फेफड़ों में न भर लें।

दो मिनट से ज्यादा नदी किनारे रुकने पर वह आपको ऐसे टोकता है कि जैसे आप बालटी में पानी भरकर घर ले जा रहे हों। जहाँ कहीं भी आप थोड़ा रुकने की सोचें, वह आपको बताता है कि 'असली' पॉइंट तो आगे है।

आपको 'नकली' पॉइंट भी अच्छा लग रहा होता है, मगर असली पॉइंट मिस न कर दें, इस दहशत में आप उछलकर फिर से गाड़ी में बैठ जाते हैं। ड्राइवर दाएँ से बाएँ, बाएँ से दाएँ तेज-तेज गाड़ी घुमाता जा रहा है। आपको चक्कर आ रहे हैं।

शेयरिंग टैक्सी में बैठी सवारियाँ उलटियों के चक्रवात बरसाने लगी हैं। बच्चों ने कोरस में रो-रोकर गाड़ी की छत हिला दी है। एक अंकल 'कोई

चायवाला दिखे तो साइड में रोक लेना' की मार्मिक अपील कर रहे हैं।

पूरी गाड़ी में हाहाकार मचा है। नकली पॉइंट निकल चुका है। असली पॉइंट आ नहीं रहा। सूरज डूबता जा रहा है। माहौल में तनाव कॉलेज की इकलौती सुंदर कन्या के नखरों से ज्यादा बढ़ चुका है। दिमाग की नस थुलथुल आदमी की शर्ट के नाभिवाले बटन की तरह कभी भी फट सकती है। फ्रस्ट्रेशन गुस्से का सातवाँ आसमान पार कर चुकी है।

आपको लगने लगता है कि मैं पहाड़ों में घूमने नहीं आया, बल्कि तोरा-बोरा टाइप पहाड़ियों में अयमान अल जवाहिरी को ढूँढ़ने आया हूँ और पहचान के लिए आपके पास फोटो नहीं, बल्कि उसकी जाँघ का बाल है।

और ठीक इसी वक्त...बिल्कुल इसी वक्त, बीवी ऐसी बात कहती है, जो उसे बीवी बनाती है। आपकी छाती पर घुटना रख वह याद दिलाती है कि मैंने तो पहले ही कहा था, पहाड़ों पर नहीं जाते...मुझे उलटी आती है! वह उलटी आने की बात कर रही है और आप सोचते हैं कि हे परवरदिगार! यह औरत हमेशा उलटी बात ही क्यों करती है!

अगले दो-तीन दिन आप यूँ ही एक के बाद एक पॉइंट 'पहाड़ों का सिलेबस' मानकर कवर करते जाते हैं। चार दिन, 10 जीबी डाटा और हजारों रुपए पहाड़ों के हवा-पानी में पानी की तरह बहा आने के बाद फाइनली जब घर लौटते हैं तो आपको देखकर हर कोई यही कहता है...बड़े थके हुए लग रहे हैं दुग्गल साहब, कुछ दिन पहाड़ों पर क्यों नहीं घूम आते!

□

लौहराष्ट्र

सुबह ऑफिस के लिए निकला तो कुछ देर बाद रास्ता भटक गया। नगर निगम के कुछ शरारती कर्मचारियों ने बिना पूर्व चेतावनी के, रात में एक टूटी सड़क बना दी थी। यह वही सड़क थी, जिसके दाईं ओर पड़नेवाले चौथे गड्ढे से टर्न लेकर मैं ऑफिस जाया करता था। मगर रात को किसी ने घात लगा, सड़क बनाकर गड्ढों से उनका घर छीन लिया था, जिसके चलते पूरी सड़क पर अफरातफरी मच गई थी।

गाड़ियाँ आपस में भिड़ रही थीं। उनके अंदर बैठे बच्चे चिल्ला रहे थे। सालों से वहाँ से गुजरनेवाले लोग कार से निकलकर एक-दूसरे से रास्ता पूछ रहे थे और हर कोई ऐसे बिहेव कर रहा था, जैसे दादरी हाइवे पर चलते-चलते अचानक हॉलीवुड की किसी हॉरर फिल्म के सेट पर आ गया हो और उसे समझ न आ रहा हो कि सामने बिछी काले रंग की यह डरावनी चीज क्या है! अफरातफरी के इसी माहौल में मैं भी अपने तय कट से आगे निकल आया। दोबारा उस सड़क पर आने के लिए लंबा यू-टर्न लेना पड़ा और जब तक ऑफिस पहुँचा, काफी देर हो चुकी थी।

रात में घर लौटते हुए मैंने देखा कि उसी सड़क पर नाइट-आइ भी लगा दी गई थी, जो रात में ब्लिंक कर, लोगों को रास्ता दिखा, उनकी आदतें खराब कर रही थी। एक दिन में सुविधा की इतनी ओवरडोज मिलने पर मुझे मितली आने लगी। मैंने गाड़ी साइड में लगाकर दो गिलास गन्ने का जूस पिया। गहरी साँस ली और मन-ही-मन अचानक दे दी गईं इन सुविधाओं की असुविधा से डील करने के लिए ईश्वर से शक्ति माँगी।

जल्द ही ईश्वर ने मेरी सुन ली। सिर्फ दो दिन में ही हालात सामान्य होने लगे। क्या देखता हूँ...सड़क और फुटपाथ के बीच लगी लोहे की ग्रिल कई जगह से उखाड़ दी गई हैं। तीसरे दिन तक कई जगह से नाइट-आइ भी उखाड़ दी गईं और एक हफ्ते में ही सड़क पर लगी एक-एक नाइट-आइ मेरी आइ के सामने से आई-गई हो गई।

जब मैंने उसी जूसवाले से इस बारे में सवाल किया तो उसने बताया कि लोहे वाली किसी भी चीज पर उठाईगीरे हाथ साफ कर जाते हैं। यहाँ से लोहे की ग्रिल भी वही तोड़ रहे हैं और लोहे के खाँचे में फिट होने के कारण सारी नाइट-आइ भी उन्होंने ही चुराई हैं। उसने बताया कि सर, ये लोग तो खंभों पर लगे बिजली के तार भी चुरा लेते हैं और दो रात पहले सड़क से गटर का लोहे का ढक्कन भी ले जा रहे थे। मगर ढक्कन इतना भारी था कि उसे मोटरसाइकिल पर रखने की कोशिश में दोनों उसी गटर में गिर गए।

कहानी दर्दनाक थी, मगर चोरों के गटर में गिरने के क्लाइमेक्स ने मुझे इस बारे में सोचने का हौसला दिया। जूसवाले की बातों ने जैसे एक झटके में मेरी आँखें खोल दी थीं। मैंने नोट किया कि अपने एरिया के जिस पार्क में मैं जाता हूँ, वहाँ लगी ज्यादातर बेंच भी यहाँ-वहाँ से टूटी पड़ी हैं। माली से पूछा तो उसने बताया कि भाईसाहब, लोहे के ठीक-ठाक पैसे मिल जाते हैं, इसलिए रात को जो नशेड़ी यहाँ आते हैं, वे मौका मिलने पर बेंच तोड़ उसका लोहा कबाड़ी को बेच देते हैं।

यह सब सुन गरदन शर्म से घुटने तक झुक गई।

सोचने लगा कि इतनी बड़ी आबादी होने के बावजूद भले ही हम ओलंपिक में आज तक दुनिया से लोहा न ले पाए हों, हमारी फिल्में तकनीक और रचनात्मकता में हॉलीवुड फिल्मों के आगे कहीं न टिकती हों, देशी कंपनियाँ अंतरराष्ट्रीय बाजार में विदेशी कंपनियों से मुँह की खाती हों, भले ही हमें अहसास हो कि युद्ध होने पर हम चीन से लोहा नहीं ले पाएँगे, मगर इसके उलट अपने देश में तो हम हर जगह लोहा ही ले रहे हैं। कैसी विडंबना है कि जो दुनिया हमें किसी भी क्षेत्र में लोहा न ले पाने के लिए कोसती है, उसे जरा

भी इल्म नहीं कि हम तो सिर्फ लोहा ही लेते हैं!

सड़क के बीच डिवाइडर का लोहा हम नहीं छोड़ते। यहाँ-वहाँ खराब पड़े लैंप-पोस्ट्स का लोहा हम बाप का माल समझ बेच डालते हैं। यहाँ तक कि सरकारी इमारतों की बाउंड्री ग्रिल भी हम उखाड़ लेते हैं और कोई हमारा कुछ नहीं उखाड़ पाता।

ये सारे दर्द भी सह लेते, पर इतना लोहा खाने के बाद भी यह देश आज तक एक गैर-विवादित लौहपुरुष पैदा नहीं कर पाया। जो पहले हुए उनकी उपलब्धियों पर हाल-फिलहाल लोग पानी फेरने में लगे हैं और जो स्वयंभू लौहपुरुष हैं, वे देश तो दूर, पार्टी तक में अपना लोहा नहीं मनवा पाए। इतनी चुनावी जंगें हारे कि लौहपुरुष से जंग पुरुष हो गए।

एक भी जेनुइन लौहपुरुष न मिलने का गम भी बर्दाश्त था। मेरी तकलीफ यह है कि इतना लोहा खाने के बाद भी जब आम हिंदुस्तानी डॉक्टर के पास जाता है तो वह आँख में झाँककर यही कहता है...ओफ्फ...आपमें तो आयरन की कमी है!

□

एक हवाई प्रेमकथा

हो सकता है कि आपको गधा मानने के बावजूद जिंदगी में किसी लड़की ने घास न डाली हो। नंबर माँगने पर मोबाइल की जगह हमेशा जूते का नंबर मिला हो। Female interaction के नाम पर आपने सिर्फ बिजली के नंगे तार को छुआ हो। बंदी के नाम पर आप सिर्फ किसी युद्धबंदी को जानते हों। कन्या राशि होने के बावजूद आपकी जिंदगी में आज तक कोई कन्या न आई हो और आपकी सारी जिंदगी मॉल की रेलिंग पर लटककर दूसरों की बंदियों को झुक-झुककर देखने और इसी झुकने के चक्कर में एकाध दफा गिर जाने में गुजरी हो।

तिरस्कार, फटकार और दुत्कार की गौरवमयी पृष्ठभूमिवाले इसी भारतीय युवक का पहली हवाई यात्रा में जब किसी एयर होस्टेस से सामना होता है तो उसकी नाजुक तबीयत और बंजर दिल के लिए यह आसान नहीं होता।

टेक ऑफ से पहले ही उसे पहला झटका तब लगता है, जब फ्लाइट में एंटर करते ही दरवाजे पर खड़ी खूबसूरत एयर होस्टेस उसे देखकर 'Hello Sir' कहती है।

एक तो अनजान खूबसूरत लड़की, ऊपर से उसकी मुसकराहट। उस मुसकराहट को भी एयर होस्टेस ने ऐसे साध लिया है कि हर किसी को लगे कि यह उसी का नाप लेकर बनाई गई है। ये मुसकराहट CC to all वाला ऐसा मेल है, जिसे हर कमजोर दिल युवा सिर्फ अपने पते पर आया आर्चीज का I Love You वाला कार्ड मान लेता है।

मुसकराहट देख उसे लगता है कि जैसे पिछले जन्म में कुंभ के मेले में

बिछड़ी कोई गर्लफ्रेंड हो। ऊपर से वह उसे 'हैलो सर' भी कह देती है, जबकि उसकी सारी जिंदगी दोस्तों से ऐसे संबोधन सुनने में बीती है, जिन्हें उच्चारित करने पर फिल्म में बीप की आवाज आती है और लिखने पर हर अक्षर में स्टार *तिए लगाना पड़ता है!

खैर, जैसे-तैसे आप इन शुरुआती झटकों से खुद को सँभालते हैं। उसकी मुसकराहट के टर्बुलेंस से निकलकर अपनी औकात के धरातल पर क्रैश लैंड करते हैं। मगर वह इतनी जल्दी आपको मरने नहीं देगी। उसका इरादा आपको तड़पा-तड़पाकर मारने का है। अपनी सुरीली आवाज में अब वह आपको सुरक्षा पेटी बाँधने की सलाह देती है। ऑक्सीजन मास्क का पता बताती है और यह भी हिदायत देती है कि दूसरों की रक्षा करने से पहले अपनी रक्षा करें। जिस तरह स्कूल की प्रार्थना बताती थी कि दूसरों की जय से पहले खुद की जय करें!

घरवालों की तरह वह भी मुश्किल हालात में आपको स्वार्थी होने की सलाह दे रही है और उसके इस अतिरिक्त स्नेह पर आप भावुक हो गए हैं। गला सूखने लगा है। तभी वह आपके लिए पानी ले आती है। दिल करता है कि कह दें कि बहन, इतना ही खयाल रखना है तो मुझे बॉयफ्रेंड के रूप में गोद ले लो। आप गोद लेने की बात सोच रहे होते हैं और वह आपकी गोद में स्नैक्स की ट्रे रख जाती है।

प्लेन को टेक ऑफ किए आधा घंटा हो चुका है। वह पानी-नाश्ता सब दे चुकी है। उसके लिए टाइमपास करना मुश्किल हो रहा है। तभी वह माइक पर अपना और साथी एयर होस्टेस का नाम बताने लगती है। वह मैट्रिमोनियल विज्ञापनों के अंदाज में एक-एक कर सारी जानकारी देने लगती है। वह अपने शहर का नाम बताती है। अपने शौक बताती है। यह भी बताती है कि उसे इंग्लिश और हिंदी दोनों भाषाएँ आती हैं। उसका नाम रुचि मेहता है। यह जानकर आपकी उसमें रुचि और बढ़ जाती है। आप यह सोचकर उछल पड़ते हैं कि मेरी तरह यह भी पंजाबी है।

तभी खयाल आता है कि मेहता तो गुजराती भी होते हैं। आप घबराते हैं कि गुजराती हुई तो घरवाले शादी के लिए नहीं मानेंगे। यह सोचकर

आपको घरवालों पर गुस्सा आने लगता है। आप ऊँची आवाज में माँ-बाप के सामने 'अपने रिश्ते' को डिफेंड करने लगते हैं। उन्हें अपने कजन टिम्मी की इंटरकास्ट मैरिज का हवाला देते हैं। फिर भी उनके न मानने पर बगावत की ठान लेते हैं। पर बाप ने घर से निकाल दिया तो...यह सोचकर घबरा भी जाते हैं। फिर भावी एयर होस्टेस बीवी की वर्तमान सैलरी में अपनी भावी नौकरी की संभावित सैलरी जोड़ने पर आपका हौसला मिलता है।

इसी हौसले के साथ आप खिड़की से बाहर देखते हैं। आपकी शादी की तैयारियाँ चल रही हैं। आपने हनीमून के लिए मालदीव में बुकिंग करा ली है। प्री-वेडिंग शूट की पिक्स इंस्टा पर पोस्ट करने के लिए कैप्शन भी सोच लिया है। उस कैप्शन के नीचे पचहत्तर हैशटैग भी डाल दिए हैं। इसके बावजूद अब तक सिर्फ 3 लाइक आए हैं, उसमें भी एक आपका है। आप अब भी खिड़की से बाहर देखते हुए उसके खयालों में खोए हुए हैं।

तभी बादलों का सीना चीर आपको वरमाला पहनाने के लिए वह आगे बढ़ती है। माला पहनने के लिए आप भी सिर आगे करते हैं कि तभी...तभी सामान निकाल रहे अंकल का बैग आपके सिर पर आ गिरता है और एक झटके में आप वापस अपनी इस जलील दुनिया में लौट आते हैं।

पायलट लैंडिंग की सूचना दे रहा है, मगर मोहब्बत के जिस आठवें आसमान पर आप डेरा डाले हुए हैं, वहाँ से किसी के लिए भी आपको नीचे उतारना मुश्किल है। एयर होस्टेस फिर से सीट बेल्ट बाँधने की सलाह दे रही है और आप अब भी उससे बँधने के सपने देख रहे हैं।

खयाली पुलाव के ज्यादा पकने पर अगर कानों से धुआँ निकलता, तो अब तक फ्लाइट का फायर अलार्म बज चुका होता और औकात से अधिक आशिकी अगर जुर्म होती तो शकरपुर थाने में कीलवाले जूतों से अभी आपकी पिटाई हो रही होती।

आप नजर घुमाकर देखते हैं तो पाते हैं कि हर कोई उतर चुका है, सिवाय आपके, और आप पर सवार आशिकी के भूत के...जो जल्द ही शेयरिंग कैब में साथ बैठी सवारी की बगलों का पसीना सूँघकर उतर जाएगा।

□

भारतीय पुलिस और रॉन्डा बर्न का रहस्य

पुलिसवालों के लिए मेरे मन में हमेशा से ही बहुत इज्जत रही है। मैंने उन जैसा ईमानदार और सेवा भाव से काम करनेवाला दूसरा कोई नहीं देखा। दो साल पहले मैं नोएडा में जिस जगह रहने आया था, तब वहाँ एक भी ठेलेवाला नहीं दिखता था। फिर हर दस कदम पर एक सब्जीवाला, जूसवाला, पंचरवाला और न जाने 'कितने ही वाले' फैल गए, मगर एक भी पुलिसवाले ने उन्हें नहीं रोका।

इस तरह हर जगह रेहड़ी-पटरीवालों के खड़े होने से ट्रैफिक जाम लगने लगा। थोड़ी-बहुत गंदगी भी होने लगी। गंदगी के ढेर से जगह-जगह कूड़ों की पर्वत-शृंखलाएँ भी खड़ी होने लगीं, लेकिन यह देखकर खुशी हुई कि पुलिसवालों की मदद से इतने लोगों ने सड़क पर अपना काम-धंधा सेट कर लिया है। यहाँ तक कि मेरे एरिया में जो पुलिस थाना है, उसके अगल-बगल भी रेहड़ियाँ लगने लगीं।

मैंने सोचा कि ये पुलिसवाले अगर पत्थर दिल होते, तो यहाँ एक भी रेहड़ी नहीं लगती। यह उनका संवेदनशील मन और विशाल हृदय ही है, जो उन्होंने नियम-कानून ताक पर रखकर, ट्रैफिक व्यवस्था और साफ-सफाई की धज्जियाँ उड़ जाने की कीमत पर भी इन लोगों को काम-धंधा करने दिया।

इतना ही नहीं, यह देखकर भी खुशी हुई कि यही पुलिसवाले इन रेहड़ीवालों की आर्थिक मदद भी करते हैं। हर शाम मैं किसी-न-किसी रेहड़ी

पर पुलिसवाले को हाथ में पैसे लिये उनसे बात करते देखता हूँ। यह देखकर मेरी आँखें छलक आती हैं। मानवता और संवेदनशीलता की इस भव्य नुमाइश पर मेरा हृदय आँसुओं से भर जाता है। अपने स्वार्थी जीवन के बारे में सोचकर मेरी गरदन घुटनों तक शर्म से झुक जाती है।

सोचता हूँ, ये कैसे महामानव हैं, जो पहले इन लोगों के घर बसाने के लिए तमाम कानूनी सीमाएँ लाँघते हैं और फिर अपनी मामूली तनख्वाह से पैसे निकालकर इनकी आर्थिक मदद भी करते हैं। इसकी तुलना मैं अपनी स्वार्थी जिंदगी से करता हूँ तो मन ग्लानि से भर जाता है। दिल करता है कि अभी जाकर किसी कीलवाली सेज पर लेट जाऊँ और मेरे ऊपर कोई सौ-पचास सीमेंट के कट्टे रख दे।

मैंने रहस्य के सिद्धांत के बारे में पढ़ा था कि जब आप किसी की मदद करते हैं तो ब्रह्मांड में यह संदेश जाता है कि आपके पास पैसा है, इस तरह आप और पैसे को आकर्षित करते हैं!

रोज शाम को जब मैं सोसाइटी में टहलने निकलता हूँ तो रहस्य के इस सिद्धांत का साक्षी बनने का सौभाग्य मिलता है। यह देखकर खुशी होती है कि बहुत मामूली या औसत तनख्वाह पर काम करनेवाले पुलिसवालों ने भी बड़ी-बड़ी गाड़ियाँ खरीद ली हैं। ऐसी गाड़ियाँ, जो उनसे 4-5 गुणा तनख्वाह पाने के बाद भी इतने सालों में मैं खरीद पाने की हिम्मत नहीं कर पा रहा हूँ। यह दान करने के रहस्य के उस सिद्धांत की पुष्टि नहीं तो और क्या है?

इन्होंने गरीब रेहड़ी-पटरीवालों को जगह देकर उन्हें अपने पैरों पर खड़ा होने का मौका दिया। अपनी जेब से आर्थिक मदद कर उनका हौसला बढ़ाया। गरीबों की मदद करने में इस हद तक जाकर इन्होंने ब्रह्मांड को संदेश दिया कि यह आदमी मदद करता है, इसे और पैसा दो। और आप चमत्कार देखिए, जिस तनख्वाह में आम आदमी, आम निर्लज्ज आदमी एक सेकेंड हैंड ऑल्टो लेने की हिम्मत नहीं जुटा पाता, ये पुलिसवाले हैरियर, क्रेटा और सफारी जैसी बड़ी-बड़ी गाड़ियाँ खरीद रहे हैं।

सच! ईश्वर भले ही हमें दिखता नहीं, लेकिन वह सेवा भाव के, करुणा के, इनसानियत के हर रूप में हमारे बीच विद्यमान है। अपनी मौजूदगी का अहसास कराता है।

जय सेवा भाव, जय रॉन्डा बर्न, जय हुंडई क्रेटा और जय भारतीय पुलिस...आप धन्य हैं और हम नीच! अब मैं जा रहा हूँ अपनी पीठ पर कोड़े मारने। और हाँ, कहीं कीलोंवाली सेज मिले, तो कूरियर कर देना। क्या पता इस मदद के बदले ईश्वर आपको सेकेंड हैंड एक्टिवा ही दिला दे।

□

बुफे में ज्यादा कैसे खाएँ?

भारतीय शादियों में लड़की के पिता से ज्यादा तनाव उन बारातियों को होता है, जो शादी में माथे पर काला तिलक लगा, माँ भवानी की कसम खाकर आए होते हैं कि कैसे ग्यारह सौ के शगुन में ग्यारह हजार का खाकर जाना है।

लोकल बाजार में तीसरे से चौथा गोलगप्पा खाने की जिद पर बीवी को तलाक की धमकी देनेवाला हमारा रणबाँकुरा शादी में पहुँचते ही ढाई-तीन सौ गोलगप्पे तबाह कर डालता है। खा-खाकर पनीर चीले की स्टॉल बंद करवा देता है। स्प्रिंग रोल के नाम पर साइकिल तक के स्प्रिंग खा जाता है। इसके 'और लाओ और लाओ' से तंग आकर चिली पटेटो सर्व कर रहा वेटर दहशत के मारे शेयरिंग ऑटो पकड़कर घर चला जाता है।

बावजूद इसके, इसके जोश में कोई कमी नहीं आती। खाने में हमेशा गरम-ठंडे का खयाल रखनेवाला यहाँ गरम गुलाबजामुन के ऊपर कोल्ड ड्रिंक पी जाता है। वही कोल्ड ड्रिंक, जिसके शादी में पहुँचने के बाद से अब तक यह इतने गिलास पी चुका है कि गलती से इसके पेट पर किसी का हाथ लग जाए तो इसकी आँख से कोल्ड ड्रिंक का फव्वारा फूट पड़े।

मुझे पूरा यकीन है कि ज्यादा खाने से पेट फटने का पहला मामला किसी भारतीय शादी में ही आया होगा। इधर बीवी सफाई दे रही हो कि भाटियाजी का आज संतोषी माता का व्रत है...वे कुछ नहीं खाएँगे और वहीं भरे लॉन में ज्यादा खाने से भाटियाजी का पेट ब्लास्ट कर जाए और दस-दस किलोमीटर तक उनके पेट से निकले गोभी मंचूरियन के टुकड़े बिखर जाएँ और पेट से

निकली चाउमीन पेड़ों पर लटक जाए। उससे भी ज्यादा शर्मिंदगी तब हो, जब आधे से ज्यादा बाराती भाटियाजी को सँभालने के बजाय गोभी मंचूरियन के उन्हीं टुकड़ों को लूटने के लिए दौड़ पड़ें और बाकी आधे चाउमीन उतारने पेड़ पर चढ़ जाएँ।

मगर जलालत की इस हद तक भूख दिखाने के बावजूद ज्यादातर भारतीयों को इस बात का मलाल रह जाता है कि वह बुफे में सारे आइटम नहीं खा पाए। कोई सूप पीना भूल जाता है, तो किसी को पत्ता गोभी का सलाद खाना याद नहीं रहता और किसी को घर जाकर बच्चे से पता चलता है कि वहाँ तो तीलेवाली कुल्फी भी मिल रही थी।

शादियों में तो फिर भी इस तरह की कैजुअल अप्रोच चल सकती है, लेकिन जब आप जेब से पैसे खर्च कर किसी महँगे रेस्टोरेंट के बुफे में जाएँ, तो वहाँ इस चलताऊ रवैये से काम नहीं चलेगा। वहाँ खाने से पहले बाकायदा एक स्ट्रेटजी बनानी पड़ेगी। एक रात पहले ही चित्र की सहायता से भूख दिखाने के नोट्स बनाने पड़ेंगे।

भविष्य में किसी और बुफे वीर के साथ ऐसा हादसा न हो जाए, इसके लिए मैं बाकायदा एक रणनीति बता रहा हूँ, जिस पर अमल करते हुए हर देशवासी बुफे में छाती भरकर खाना खा सकता है। आप भी नोश फरमाइए—

बुफे में शाम को न जाएँ

पहली बात, आप कभी भी बुफे में खाने के लिए शाम को न जाएँ, क्योंकि उससे पहले ब्रेकफास्ट और लंच करने की वजह से रात तक पेट काफी भर चुका होता है और शाम को अगर फ्रेश नहीं हो पाए, तो बारात आने से पहले ही आपकी डोली उठ जाएगी। बैटिंग आने से पहले ही आपको इनिंग डिक्लेयर करनी पड़ेगी। आप जन्मजात योग्यता के हिसाब से भूख नहीं दिखा पाएँगे।

यूनिवर्सिटी ऑफ ढोलकपुर की स्टडी के मुताबिक इनसान को मरते वक्त इतना अफसोस सच्चा प्यार मिलने का नहीं रहता, जितना शादियों और बुफे में पैसे पूरे करके न आ पाने का रहता है। ज्यादातर तांत्रिक मानते हैं कि

10 में से 7 भटकती आत्माएँ तो सिर्फ इसी बेचैनी में भटकती हैं कि उन्हें मरने से ऐन पहले पता चला है कि उस रात बुफे में कुल्फीवाले काउंटर के बगल में चॉकलेट पान भी मिल रहा था।

रणनीति बनाएँ

रेस्टोरेंट में एंटर करते ही Starter पर टूट पड़ने के बजाय एक बार फूड सेक्शन की रेकी कर आएँ। खुद जाने में शर्म आ रही है तो बच्चे को भेज दें। हो सके तो अपने साथ एक ड्रोन कैमरा ले जाएँ। ढंग से एक-एक कोने में रखा आइटम देख आएँ। सभी जरूरी आइटम डायरी में नोट कर लें। वापस आते वक्त लोगों की थालियों में भी झाँकते आएँ कि वे क्या खा रहे हैं? इसके बाद बीवी-बच्चों के साथ खाने की रणनीति बनाएँ। कोशिश यह होनी चाहिए कि बटर चिकन से लेकर सिरकेवाले प्याज तक कुछ छूटने न पाए। सभी आइटम चट कर जाएँ। बस किसी दूसरे का बच्चा न खाएँ।

Starter सोच-समझकर खाएँ

अकसर लोग Starter खाने में इतने बिजी हो जाते हैं कि भूल ही जाते हैं कि मेन कोर्स भी खाना है। कुछ लोग तो इतने Starter खा जाते हैं कि वे छींक भी दें तो उनकी नाक से मलाई चाप निकल जाए। जोर से खाँस देने पर कान से स्प्रिंग रोल निकल पड़े। इसलिए खयाल रखें कि जो वेटर बार-बार आपके पास पनीर टिक्के ला रहा है, उसके झाँसे में नहीं आना है, वह आपकी भूख मारना चाहता है। इमोशन पर काबू रखें और एक ही आइटम 8 बार लेने के बजाय, 8 आइटम दो-दो बार खाएँ।

ब्रेक ले लें

आपके Starter फिनिश करने के बाद वेटर सीट पर ही खाना लगाने का ऑफर देगा। मगर 'हाँ' न करें। वह जल्दी-जल्दी खाना खिलाकर आपको वहाँ से भगाना चाहता है, इसलिए उसे मना कर दें और पेट में जगह बनाने की कोशिश करें। टी-शर्ट को जींस से बाहर निकाल लें। जींस का बटन खोल

लें। हलकी सी जिप भी खोल लें, ताकि पेट को साँस आए। हो सके तो बहाने से बाहर जाकर 10 मिनट मॉल में वॉक कर आएँ। आसपास कोई जिम है तो मेंबरशिप लेने के बहाने 15 मिनट ट्रेड मिल पर चले आएँ।

आखिरी वार

लौटने पर एक गिलास गरम पानी पी लें। इससे पहले खाया हुआ खाना पचाने में मदद मिलेगी। घर से झंडू पंचारिष्ट की बोतल लाए हैं तो दो ढक्कन उसके पी लें, इससे तेजी से भूख लगेगी। अब आप मेन कोर्स पर धावा बोलने के लिए पूरी तरह से तैयार हैं। एक-एक आइटम को दुश्मन देश का सैनिक समझकर तबाह कर दीजिए। ऐसे खाइए, जैसे धरती नष्ट होनेवाली है। बाहर निकलते ही दुनिया में अकाल पड़नेवाला है। बस खा-खाकर पेट इतना न फुला लें कि आपसे पहले आपकी तोंद घर पहुँच जाए।

□

सांप्रदायिकता का इंटरनेट कनेक्शन

घर से निकला तो यह देखकर चौंक गया कि एक लड़की फोन पर बात कर रही है। इससे पहले मैंने कभी किसी लड़की को फोन पर बात करते नहीं देखा था। मुझे लगता था कि फोन का इस्तेमाल लड़कियाँ सिर्फ पाउट बना सेल्फी लेने के लिए ही करती हैं, मगर फोन पर लड़की को बात करता देख मैं काफी हैरान हुआ।

अपनी हैरानी को जज्ब कर थोड़ा आगे बढ़ा तो देखा, एक मुसलिम भाई रेहड़ी पर लौकी खरीद रहा था। यह देख मन शर्म और आँसुओं से भर गया। सोचने लगा कि आज असहिष्णुता इतनी बढ़ गई है कि मुसलमानों को नॉनवेज छोड़कर लौकी खानी पड़ रही है।

हमदर्दी दिखाने के लिए मैंने पूछा, "भाईजान! आप किसके दबाव में ऐसा कर रहे हैं? कौन है, जो आपको ये सब खाने को मजबूर कर रहा है? मैं अभी उसकी पुलिस में शिकायत करता हूँ। आप बस नाम बताइए।"

इससे पहले मैं कुछ और बोलता, उसने रेहड़ी पर रखी लौकी मेरे मुँह में ठूँसते हुए कहा, "चुप हो जा मेरे बाप...अबे! ये क्या बके जा रहा है? किसका दबाव होगा मुझ पर? बीवी को लौकी के कोफ्ते पसंद हैं, इसलिए खरीद रहा हूँ। अब चला जा यहाँ से, वरना यही लौकी कहीं और भी घुसाई जा सकती है।"

उसकी इस झल्लाहट से मुझे उस पर और तरस आया। सोचने लगा कि बेचारा इतना डरा हुआ है कि परेशानी की असल वजह तक नहीं बता पा रहा। सच बताने के बजाय बहाने बना रहा है। उसकी सलामती की दुआ माँग थोड़ा

आगे बढ़ा, तो देखा कि एक आदमी ट्रैफिक सिग्नल पर ऑरेंज लाइट आते ही गाड़ी रोकने के बजाय उसे भगा रहा है।

मैंने पीछा कर उसकी गाड़ी रोकी और डाँट लगाते हुए कहा, "तुम जैसों की वजह से ही देश में सांप्रदायिकता बढ़ रही है। जब सिग्नल पर ऑरेंज लाइट हुई, तो तुम्हें रुक जाना चाहिए था। मगर तुम लोग तो भगवा को सम्मान ही नहीं देना चाहते। जब तुम दूसरों का सम्मान नहीं करोगे, तो कोई तुम्हारा सम्मान क्यों करेगा ?

"तुम ऑरेंज लाइट पर गाड़ी भगाओगे, तो देश का हिंदू ग्रीन लाइट पर भी गाड़ी रोकने लगेगा ! सोचो जरा, 10 में से 2 हिंदू भी अगर हरे का अपमान करते हुए ग्रीन लाइट पर गाड़ी रोकने लगे तो ट्रैफिक सिस्टम का क्या हाल हो जाएगा ? पूरे देश में तो हाहाकार मच जाएगा।"

मेरी सारी बात ध्यान से सुनने के बाद उस आदमी ने जेब से बटुआ निकाल लिया। मुझे लगा, शायद मेरी सोच से प्रभावित होकर वह मुझे शगुन डालना चाह रहा है। मगर तभी उसने बटुए से एक परची निकालकर मुझे थमाई। उस पर लिखे नाम और पत्ते की तरफ इशारा करते हुए उसने बताया कि ये उसके पुराने परिचित हैं। फीस भी ज्यादा नहीं लेते। बहुत ही बढ़िया डॉक्टर हैं। अगर मैं आज से अपना इलाज शुरू करवाऊँ तो हफ्ते भर में पूरी तरह ठीक हो जाऊँगा।

इतना कहकर उसने मेरे कंधे पर तसल्लीवाला हाथ रखा और चला गया। इस बात के बाद मेरा तनाव और ज्यादा बढ़ गया। इस गंभीर स्थिति पर बात करने के लिए मैंने सामने से बाइक पर आ रहे एक युवक को रोकना चाहा। मगर उसकी जल्दी देखकर भी लगा कि वह या तो किसी फिल्म के विरोध में टायर जलाने जा रहा है या सरकार के विरोध में अपना राशन कार्ड या दसवीं की मार्कशीट लौटाने।

शाम को घर पहुँचने तक काफी थक चुका था। चेहरे की परेशानी साफ देखी जा सकती थी। बीवी ने लटके मुँह की वजह पूछी, तो मैंने सारा किस्सा बयाँ कर दिया। बीवी ने आदत के विपरीत धैर्यपूर्वक सारी बात सुनी और कुछ

देर सोचने के बाद बोली कि अगर मैं चाहूँ तो अभी इसी वक्त अपने तमाम तनावों से मुक्ति पा सकता हूँ।

'वो कैसे' पूछने पर वह खड़ी हुई और हॉल में जाकर घर का वाईफाई बंद किया और मेरा मोबाइल स्विच ऑफ कर उसे अलमारी में फेंक दिया।

फिर बोली, "अब एक हफ्ते तक न आप फेसबुक चलाओ, न ट्विटर पर बैठो। न टी.वी. डिबेट सुनो, न WhatsApp पर आए फॉरवर्डेड मैसेज पढ़ो। कुछ ही दिनों में महसूस करोगे कि समाज से गायब हुआ सारा भाईचारा और मोहब्बत लौट आई है।"

यह बोलकर वह रसोई में मैगी चढ़ाने चली गई और मैं सामने रखी मैगजीन में 'का से कहूँ' कॉलम पढ़ने लगा।

□

सेल्फीवाले भैया को खुला खत

सुन भाई, इससे पहले कि तू ऊपरवाला होंठ सीधा खड़ा कर सेल्फी ले, दिल पर हाथ रखकर कसम खा और खुद से पूछ कि क्या दुनिया को वाकई इससे कोई फर्क पड़ता है कि तूने इंडिया गेट के सामने फोटो खिंचवाई या नहीं?

बुरा मत मानना बबलू...सच-सच बता...तूने तिहत्तर एंगल से, बहत्तर तरह के मुँह बनाकर जो सतहत्तर हजार फोटुएँ खिंचवाई हैं, क्या उससे वाकई में कुछ होनेवाला है?

गरदन घुमाकर देख, तुझ जैसे हजारों खलिहर यही सब गुल खिला रहे हैं। 20 रुपए का चना जोर गरम खाकर नजरें गरम करते इन पैदाइशी बेरोजगारों को भी यही गलतफहमी है कि इनके इंस्टा पर फोटो पोस्ट करते ही संपूर्ण ब्रह्मांड में हाहाकार मच जाएगा। इन्हें देखकर एलियंस की नाबालिग लड़कियाँ बाप से बगावत कर यू.एफ.ओ. में बैठ सीधे बागपत आ जाएँगी।

इनका हुस्न देखकर कन्याएँ रसोईवाले चाकू से गरदन के पीछे 'आई लव यू बबलू' का टैटू गुदवा लेंगी। नवविवाहिताएँ इनकी पर्सनैलिटी पर फिदा होकर तेजाब से अपनी माँग का सिंदूर पोंछ लेंगी। फिरंगी लड़कियाँ अपने बबलू की एक झलक पाने के लिए इंग्लिश चैनल पार कर वाया वुहान-ढाका-गोरखपुर होते हुए तुझसे मिलने सीधे मोतिहारी चली आएँगी।

बबल्स, सच तो यह है कि तुझे सामने से आता देख बकरियाँ भी अपना रास्ता बदल लेती हैं। तेरी नजरों से बचने के लिए मासूम भेड़ें भी कोरोना का बहाना बनाकर मास्क पहन लेती हैं। तेरे खौफ से इलाके की बकरियों ने भी

ऑपरेशन करवा जेंडर चेंज कर लिया है।

देख, मेरे क्रिस्टियानो चौरसिया, देख। शाम ढलने को है। जैसे ही तू फोटो लेने लगेगा, तुझे याद आएगा कि फ्रंट कैमरे में तो एल.ई.डी. फ्लैश है ही नहीं। फिर तुझे बाप पर गुस्सा आएगा, जो इतनी बार कहने के बावजूद नया फोन नहीं दिला रहा। बिना एल.ई.डी. फ्लैश के तेरी भयानक शक्ल के साथ जो फोटो आएगी, उसके बाद दुनिया का कोई भी एडिटिंग सॉफ्टवेयर तुझे इनसान नहीं दिखा पाएगा। याद है, पिछली बार अँधेरे में खिंचवाई तेरी फोटो को कुछ चैनलवाले Aliens Caught on Camera बोलकर तीन दिन तक टी.वी. पर दिखाते रहे थे।

बावजूद इस सबके तू एकाध फोटो में छलिया लग भी गया, जैसे-तैसे घुसपैठ कर इनसानों में शामिल हो भी गया, तब भी तेरा एक भी आवारा दोस्त उसे लाइक नहीं करेगा। पुरानी दोस्ती और दो दिन पहले लाल चटनी के साथ खिलाए फ्री मोमोज का हवाला देकर तूने 7-8 लाइक बटोर भी लिये, तब भी तेरे दु:ख खत्म नहीं होंगे। किसी और निकम्मे दोस्त की फोटो पर ज्यादा लाइक देख तू फिर टेंशन में आ जाएगा। उससे ज्यादा लाइक भी मिल गए, तब भी तेरी आत्मा को तो तब तक चैन नहीं पड़ेगा, जब तक 'तेरी वाली' उस फोटो को लाइक न कर दे।

अब तू खुद सोच, एक सेल्फी के लिए तू ढंग का मोबाइल न दिलाने पर बाप को कोसेगा, ढंग की शक्ल न होने पर माँ-बाप दोनों को कोसेगा, फोटो लाइक न करने पर दोस्तों को लानत देगा और उसी फोटो पर 'डैशिंग' न लिखने पर 'तेरे वाली' को गालियाँ देगा। वह तेरे वाली, जिसे खुद नहीं पता कि वह तेरे वाली है।

तो भाई, एक फोटो के लिए इतनी टेंशन लेने से अच्छा है, तू इंडिया गेट का चक्कर लगा, हवा खा, दूसरों की बंदियाँ देख, बर्फवाला गोला चूस, 623 नंबर बस पकड़ और घर आकर सो जा।

और हाँ, सोने से पहले अपनी ही कोई सेल्फी मत देख लेना, वरना आधी रात को चीख के साथ तेरी नींद खुल जाएगी।

□

साजिद खान हैं ईश्वर के दूत

आम भारतीय सिग्नल रेड होने के 3 सेकेंड बाद तक अपनी गाड़ी भगाता है। वही भारतीय सिग्नल ग्रीन होने से 3 सेकेंड पहले ही अपनी गाड़ी भगा लेता है। इस तरह गाड़ी भगा-भगाकर वह हर सिग्नल पर औसतन 3 बेशकीमती सेकेंड बचा लेता है। रोजाना 20 सिग्नलों पर 3-3 सेकेंड बचा वह 60 सेकेंड सेव कर लेता है।

सोचता हूँ कि यह कैसी त्रासदी है कि एक मुल्क, जो हमेशा वक्त बचाने की इतनी जल्दी में रहता है, उसके बारे में कहा जाता है कि वह विकसित देशों से अब भी 100 साल पीछे है! तो सवाल यह है कि इन 100 सालों की भरपाई के लिए हम भारतीयों को सिग्नल के ग्रीन होने से और कितना पहले गाड़ी भगानी होगी?

सफर खत्म होने पर सबसे पहले निकलने की जल्दी में अंकल नीचे बैठी सवारियों पर बैग गिरा देते हैं। पेट्रोल भराते वक्त बगलवाले ड्राइवर की नजर हटते ही गाड़ी आगे लगा ढाई मिनट बचा लेते हैं। एटीएम से लेकर ठेके तक की लाइनों को तोड़कर 4 मिनट बचा लेते हैं। यही अंकल शाम को घर जाते वक्त साइकिल लेन में स्कूटर घुसा, पूरे सवा तीन मिनट सेव करते हैं।

इस तरह के कुछ और करतब दिखा ये हर महीने 40 मिनट, 17 सेकेंड और पूरे 13 नेनो सेकेंड सेव करते हैं। और फिर किसी शाम ऐसी ही कुछ रेड लाइटें जंप कर जल्दी घर पहुँचने पर बीवी कहती है कि कई दिनों से फिल्म देखने नहीं गए।

ऑप्शन और आई.क्यू. के मारे अंकल परिवार को गाड़ी में लाद बगलवाले थिएटर में साजिद खान की 'हिम्मतवाला' दिखाने ले जाते हैं। फिल्म खत्म होते ही जैसे-तैसे जान बचा घर आते हैं और भारी साँस ले कहते हैं—हे भगवान्! मेरे तो 3 घंटे बरबाद हो गए।

अगर स्वर्ग या नरक यहीं हैं, तो ईश्वर हमारे कुकर्मों का हिसाब भी यहीं करेगा। अकसर लगता है कि ऊपरवाले ने कुछ लोग सिर्फ इसलिए बनाए हैं, ताकि उनके जरिए वह हमें हमारी गलतियों की सजा दे सके।

आप तिल-तिल कर सेकेंडों के मिनी भ्रष्टाचार करते रहे और ईश्वर ने शिरीष कुंदर और साजिद खान जैसों को फिल्में बनाने की छूट दे दी, ताकि उनकी फिल्में देख महीनों की मेहनत से बचाया भ्रष्टाचार का एक-एक सेकेंड आप बरबाद कर सकें।

बीवी सोचती है, मेरे इतना सब करने के बावजूद यह आदमी हमेशा खीझा क्यों रहता है? आप सोचते हैं कि जान लगाकर काम करता हूँ, फिर भी मेरा बॉस चिढ़ा क्यों रहता है? और कभी यह नहीं समझ पाते कि आपका बॉस बीवी के प्रति दिखाई आपकी बेरुखी के बदले भगवान् की दी 'सजा' है।

आपने बीमारी का बहाना बनाकर मैच देखने के लिए ऑफिस से छुट्टी ले ली और टीम इंडिया ने बुरी तरह मैच हारकर आपको उस झूठ की सजा दे दी। चैनलवाले नहीं जानते, मैच हारने के बाद जिन खिलाड़ियों को वे 'मैच का मुजरिम' बताकर चर्चा कर रहे हैं, वे मुजरिम नहीं, बल्कि हमारे चिल्लर भ्रष्टाचारों की सजा देने के लिए भेजे ईश्वर के 'एजेंट' हैं।

कुछ दिन पहले फेसबुक पर एक बंदे का स्टेटस पढ़ा—'Kick Rocks... सलमान भाई ने हिला डाला।' टाइमलाइन में थोड़ा नीचे गया तो उसी शख्स का एक दिन पहले का स्टेटस था—'100 रुपए के टमाटर ने हमारी चटनी बना डाली; और कितना लूटेगी सरकार?'

यह पढ़ मैं गहरे सदमे में चला गया और संविधान में दिए उन मूल अधिकारों के बारे में सोचने लगा, जो किसी भी इनसान को घूमने-फिरने और कुछ भी लिखने-बोलने की आजादी देते हैं। यह देख मैं और तनाव से घिर

गया कि इतना सब लिखने के बाद भी अब तक उसकी गिरफ्तारी नहीं हुई थी।

वरना कोई भी सभ्य समाज यह कैसे बर्दाश्त कर सकता है कि एक स्वस्थ दिमाग का आदमी 300 रुपए लगाकर सलमान खान की 'किक' देख फेसबुक पर स्टेटस अपडेट करे कि 'भाई, रॉक्स' और वही इनसान छाती पीटकर रोए कि हाय! हाय! टमाटर 100 का हो गया।

कायदे से होना तो यह चाहिए कि जो लोग 'हमशक्ल' और 'किक' जैसी फिल्मों पर 300 रुपए खर्च कर सकते हैं, उन्हें टमाटर 100 नहीं, 10 हजार रुपए किलो मिलना चाहिए। सरकार को ऐसी फिल्मों से होनेवाली पूरी कमाई को नासमझ लोगों से की गई रिकवरी मानते हुए उसे जब्त कर लेना चाहिए। और बाद में इसी पैसे का इस्तेमाल कर गरीब लोगों को सस्ते प्याज-टमाटर बेचने चाहिए!

इतना ही नहीं, सरकार को सलमान, साजिद, शिरीष और रोहित शेट्टी जैसों को रिकवरी एजेंट बनाते हुए फिल्में बनाने के लिए उन्हें सरकारी मदद देनी चाहिए और बाद में जब इनकी फिल्में करोड़ों कमा लें, तो उसी पैसे से जरूरतमंदों के लिए धर्मशाला और प्याऊ खुलवा देने चाहिए।

इसलिए घटिया फिल्मों से चिढ़ने के बजाय हम यह सोचें कि कैसे इनसे समाज का भला किया जा सकता है। हर बुरा रचनाकार धरती पर न्याय व्यवस्था बनाए रखने के लिए भेजा हुआ ईश्वर का दूत है।

और अगर आप यह सोच रहे हैं कि आपने ऐसा क्या गुनाह किया था, जो यह व्यंग्य पढ़कर आपको अपने 4 कीमती मिनट बरबाद करने पड़े, तो याद कीजिए वह दसियों रेड लाइटें, जो पिछले हफ्ते आपने जंप की थीं! और हाँ, मुझे अपने देवदूत होने पर तो कभी शक था ही नहीं!

□

इक तुम्हारा रिजल्ट, इक मेरा

टी.वी. ऑन किया तो सामने खौफनाक मंजर था। एंकर बता रही थी कि ये हैं दिल्ली के गौरव बंसल...जिन्होंने 5 में से 4 विषयों में 100 अंक हासिल किए हैं, मगर इन्हें अफसोस है कि अंग्रेजी में ये 100 में से सिर्फ 98 अंक ही ला पाए! 100 में से सिर्फ 98!

यह सुनते ही मैंने अपने दाँत से हाथ की नस काट ली। टी.वी. के ऊपर रखे टेडी बियर की नकसीर फूट गई। कमरे का बल्ब पटाखा मारकर फ्यूज हो गया। कान से धुआँ छोड़ने के बाद पालतू कुत्ता अपनी ही पूँछ पकड़ने के लिए गोल-गोल घूमने लगा। और इससे पहले कि गली की नाली में चक्रवात आता, मैंने टी.वी. बंद कर दिया और दस मिनट लगाकर कान के परदों को समझाया कि अभी तुमने जो सुना, वह सच नहीं था, इसलिए फट मत जाना।

सच में...रिजल्ट सीजन में ऐसे इंटरव्यू देखकर अकसर मैं यही सोचता हूँ कि जब किसी का भड़काऊ भाषण या कोई बीभत्स तसवीर लोगों को विचलित कर सकती है तो 100 में से 98 नंबर लाकर 'अफसोस' करने की बात सुनकर घबराहट में किसी को दिल का दौरा क्यों नहीं पड़ सकता?

संवेदनशील तसवीरों से पहले दर्शकों को चेतावनी दी जाती है कि कमजोर दिलवाले इसे न देखें, तो टॉपर्स के इंटरव्यू से पहले टी.वी. वाले आगाह क्यों नहीं कर सकते कि नालायक बच्चे इसे सपरिवार न देखें, वरना सशरीर घर से निकाले जा सकते हैं!

सोचिए जरा, दिनभर मोबाइल चलानेवाला लड़का गुड थर्ड डिविजन लाने के बाद बाप के हाथों पिटने से पहले अपनी हड्डियों को वार्म अप कर रहा

होता है। बाप भी इस मीठी उलझन को सुलझाने में लगा होता है कि इसे घर में पीटा जाए या गली में, ठीक तभी लड़के का छोटा भाई न्यूज चैनल लगा देता है, जहाँ टॉपर बताता है, "मैंने यह सोचकर कभी सोशल मीडिया पर अकाउंट ही नहीं बनाया कि इन फालतू कामों के लिए तो सारी जिंदगी पड़ी है, मगर अभी टाइम वेस्ट कर दिया तो यह वक्त दोबारा नहीं आएगा।"

क्या चैनलवालों को जरा भी अंदाजा है कि सिर्फ इस एक लाइन के कारण पहले से छील दिए जाने की कगार पर खड़े लड़के को कूट-कूटकर चकनाचूर किया जा सकता है?

ज्यादा मारूँ या बहुत ज्यादा मारूँ...इस नैतिक उलझन में पड़ा बाप भी टॉपर का इंटरव्यू सुनकर सीधे रिक्शा पकड़ देसी कट्टा लेने मेरठ निकल पड़ता है और एक मासूम बालक के फेल हो जाने की अति सामान्य घटना सिर्फ चैनल की बचकानी लापरवाही से क्राइम पेट्रोल का पूरा एक घंटे का एपिसोड बन जाती है।

और मैं पूछता हूँ—ये कैसे रोने बच्चे हैं, जो 500 में से 498 नंबर लाने के बाद भी, न आए दो नंबरों के अफसोस में सो नहीं पाते। कायदे से कमरा बंद करके पिटाई तो इनकी होनी चाहिए। जब भी मैं ऐसे बच्चों को सुनता हूँ तो फ्लैशबैक में चला जाता हूँ।

मुझे आज भी याद है...यह परीक्षा के नतीजों से पहले की रात थी। साक्षात् ईश्वर सपने में आकर पूछने लगे कि क्या चाहिए? मैंने कहा कि प्रभु, कुछ नहीं, बस पास करा दो। उन्होंने खुलकर माँगने को कहा तो तब भी मैं गुड सेकेंड डिविजन से आगे नहीं बढ़ पाया।

प्रभु ने फर्स्ट डिविजन के लिए फोर्स किया, तो मैंने यह कहकर रहम की भीख माँगी कि ऐसा मत करना प्रभु, वरना मैं समाज में क्या मुँह दिखाऊँगा। मेरे दोस्त तो मुझसे बोलना ही छोड़ देंगे। उन्हें शक होगा कि गाँजा फूँकने की बात बोलकर शायद मैं चोरी-छिपे लाइब्रेरी में पढ़ने जाया करता था। उन्हें लगेगा कि ज्यादा नंबर लाकर मैंने उन्हें धोखा दिया है। मेरे ज्यादा नंबर लाने की इस बगावत को वे सह नहीं पाएँगे।

मुझे अच्छे से याद है, पेपर शुरू होने से 3–4 घंटे पहले पढ़ना शुरू करते वक्त हम इस बात का खास खयाल रखते थे कि कुंजी से सिर्फ उतने ही सवालों के जवाब रटे जाएँ, जितने पास होने के लिए जरूरी हैं। जब कभी 'अथवा' में दोनों सवालों के जवाब आ जाते, तो अपराध-बोध होने लगता था कि आखिर मेरी कामचोरी में कहाँ कमी रह गई, जो मैं इतना पढ़ गया!

किसी अंग्रेज लेखक ने कहा है कि मरते वक्त आपके पास बचा पैसा, वह फिजूल मेहनत है, जो आपके काम नहीं आई। यही बात मुझे 33 से ज्यादा आए हर एक नंबर को लेकर लगती थी। ऐसा लगता था कि जितना वक्त मैंने इन अतिरिक्त नंबरों को लाने में लगाया, उसी वक्त में मैं आधा घंटा और सो भी सकता था।

सच में, यह वह वक्त था, जब हम थोड़े में सब्र करना जानते थे। मगर आज जमाना बदल गया है। अब 80 परसेंट आने पर बाप बच्चे को घर से निकाल देने की धमकी देता है और हमारे जमाने में 60 परसेंट आने पर दबंग बच्चे अपने बाप को घर से निकालने की सोच लेते थे।

हमारे जमाने में फर्स्ट डिविजन लानेवाले को लोग देवता का अवतार मानकर उसकी खोपड़ी पर धूप जलाकर पूजा किया करते थे। उसके दर्शनों के लिए पाँच-पाँच रुपए की टिकट लगाई जाती थी। आसपास के गाँवों से लोग उसे नारियल चढ़ाने आते थे। उसके हाथों नालायक बच्चों को झाड़े लगवाए जाते थे।

और आजकल 80 परसेंट से कमवाले तो शर्म के मारे प्लास्टिक सर्जरी करवा लेते हैं। 75 परसेंटवाले तो पढ़ाई छोड़ चाँदनी चौक में चुन्नियाँ डाई करने लगते हैं। 70 परसेंटवालों को नौकरी तो दूर, उनका स्टेशन आने पर भी मेट्रो में कोई साइड तक नहीं देता।

जितना खुलकर आज बोर्डवाले नंबर देते हैं, इतना दिल खोलकर तो लंगरों में दाल भी नहीं बँटती। बच्चों की छोड़ो, खुद सी.बी.एस.ई. वालों ने पिछले तीन ऐसे लोगों को भी फर्स्ट डिविजन दे दी थी, जो अपनी भैंस को नहलाने एग्जाम सेंटर के आगे से जा रहे थे। 50 परसेंट मार्क्स तो उस

छिपकली के भी आ गए थे, जो हर पेपर में एग्जाम सेंटर की ट्यूब के पीछे छिपकर बैठी थी।

इस सबसे हुआ यह है कि 80 परसेंट लाने पर डाँट खा रहे बच्चे को जब यह पता चलता है कि रिवॉल्वर में कारतूस भर रहे उसके बाप के तो खुद दसवीं में 47 परसेंट आए थे, वह भी ग्रेस मार्क्स के साथ, तो उसका पहले पढ़ाई से, फिर बाप से और आखिर में भगवान् पर से भरोसा उठ जाता है। और इससे पहले कि गौरव बंसल डिप्रेशन में कुछ कर न ले, मैं उसके घर जा रहा हूँ...न आए उन 2 नंबरों का अफसोस करने। बेचारा इतना बड़ा सदमा अकेले कैसे बर्दाश्त करेगा।

□

आत्महीन की ताली

गणतंत्र दिवस के मौके पर अमेरिकी राष्ट्रपति ने भारत को दिए बधाई संदेश में कहा कि भारत का सबसे अच्छा दोस्त अमेरिका है... अमेरिका इज इंडियाज बेस्ट फ्रेंड! देश के तमाम अखबारों ने इसे प्रमुखता से जगह दी। ज्यादातर लोगों ने माना कि अमेरिकी राष्ट्रपति की यह घोषणा भारत को छब्बीस जनवरी पर मिला सबसे शानदार तोहफा है।

मगर आप फिर पढ़िए उस स्टेटमेंट को...अमेरिका इज इंडियाज बेस्ट फ्रेंड! यानी भारत का सबसे अच्छा दोस्त अमेरिका है! उन्होंने यह कतई नहीं कहा कि अमेरिका का सबसे अच्छा दोस्त भारत है। अमेरिकी राष्ट्रपति ने तो भारत को बताया है कि उसका सबसे अच्छा दोस्त कौन है!

जहाँ तक मेरी समझ है, चौथी क्लास में पढ़नेवाले बच्चों को भी टीचर खड़ा कर यह पूछती है कि बताओ चिंटू, तुम्हारा बेस्ट फ्रेंड कौन है...आठ साल का चिंटू धर्मसंकट में पड़ जाता है...मोनू को बताया तो सोनू नाराज हो जाएगा...सोनू का नाम लिया तो...टिंकू बुरा मान जाएगा। फिर भी अपनी समझ से डिप्लोमेटिक जवाब देने की कोशिश करता है। निर्णय लेने की अपनी क्षमता पर गर्व करता है।

अब सवाल यह है कि भारत की स्थिति क्या चौथी क्लास में पढ़नेवाले उस आठ साल के चिंटू से भी गई-गुजरी है?

अमेरिका हमसे पूछ नहीं रहा...बता रहा है कि हम तुम्हारे सबसे बढ़िया दोस्त हैं। बावजूद इसके हम गौरवान्वित हैं। इतना फूल गए हैं कि कभी भी फट सकते हैं!

स्कूल में पढ़नेवाली सबसे खूबसूरत लड़की अगर यह घोषणा कर दे कि मैं तुम्हारे साथ डेट पर जाऊँगी तो आप निहाल हो जाते हैं। बिना यह सोचे कि उसने मेरी मर्जी तो पूछी ही नहीं...उसने कैसे मान लिया कि उसकी यह घोषणा मेरा सौभाग्य है...अभ्यस्त बताएँगे कि यह सब तो लड़की के सोचने का विषय ही नहीं है और इस पर सवाल करने का लड़के को हक नहीं!

दरअसल आत्महीनता का सबसे बड़ा लक्षण यही होता है कि वह फर्क ही नहीं कर पाती कि कोई विषय गर्व का है या शर्म का!

भारत में जनमी कोई बिल्ली अमेरिका में इंटर स्कूल रंगोली प्रतियोगिता भी जीत जाए, तो भी हम दुनिया और बिल्ली को यह बताना नहीं भूलते कि वह भारतीय मूल की है।

बिल्ली ने अभी इनाम में मिला माउस फ्लेवरवाले कैट फूड का डिब्बा भी नहीं खोला होता कि गोरखपुर की कोई आंटी टी.वी. पर आकर दुनिया को यह बताने लगती है कि कैसे सालों पहले पड़ोस में रहनेवाली यही बिल्ली जब पंद्रह फीट ऊँची दीवार फाँदकर उसकी रसोई के भगोने में रखा सारा दूध एक झटके में पी गई थी, तभी वह जान गई थी कि एक दिन यह बहुत आगे जाएगी।

मैं सोचता हूँ कि इस देश में ऐसी बहुत सी हुनरमंद बिल्लियाँ हैं, जिन्हें व्यवस्था के कुत्ते दौड़ा-दौड़ाकर विदेश भेज देते हैं और जब कभी वे किसी कैट रेस में अव्वल आती हैं तो पूरा-का-पूरा देश हिंदी फिल्मों के नशेड़ी बाप की तरह, छोड़ी हुई औलाद के शोहरत कमाने के बाद उस पर दावा ठोकने आगे आ जाता है।

कुछ साल पहले अमेरिका में एक रेयर बीमारी के प्रति जागरूकता फैलाने के लिए आईस बकेट चैलेंज का चलन चला, जिसमें कोई सेलिब्रिटी अपने सिर पर ठंडे पानी की बालटी डालता था और फिर यही टास्क करने के लिए तीन और मशहूर लोगों को नॉमिनेट करता था।

देखते-ही-देखते यह ट्रेंड पूरी दुनिया में फैल गया। भारत में भी पाषाणयुग से न नहाए लोग तक ऐसा करने लगे।

पोलियो और पीलिया में फर्क न बता पानेवाली कुछ फर्जी सेलिब्रिटीज

यह सोचकर ऐसा करने लगीं कि अमेरिकावाले कर रहे हैं, तो जरूर कोई बात होगी। और कुछ तो यह सोचकर अपने ऊपर बर्फीले पानी की बालटी डालने लगे कि शायद ऐसा करने से ही लोग उन्हें सेलिब्रिटी मानने लगें!

बनावटी एक्सेंट और नाच-गाने के बाद ऐसे नक्काल अपनी चिंताओं के लिए भी अमेरिका पर निर्भर हैं। भले भारत में सबसे ज्यादा जरूरत मलेरिया के प्रति जागरूकता की हो, मगर हमारे पिछलग्गू तब तक उसकी गंभीरता को नहीं समझेंगे, जब तक अमेरिकावाले उसकी चिंता में ठंडे पानी की बाल्टियाँ न उलटने लगें।

कल को अगर अमेरिकी यह कह दें कि हमें सबसे ज्यादा समस्या अमेरिका आकर नौकरी करनेवाले भारतीयों से है तो ये लोग एयरपोर्ट पहुँचकर अमेरिका जानेवाले हर भारतीय को ही पीटना शुरू कर देंगे।

मैं सोचने लगा कि जागरूकता के लिए उन्हें वाकई कुछ हैरतअंगेज करना है तो एक बालटी यमुना से भरकर अपने ऊपर डालकर दिखाएँ। बालटी छोड़ो, मैं चुनौती देता हूँ कि देश का कोई भी सेलिब्रिटी 'यमुना लोटा चैलेंज' भी स्वीकार करके दिखा दे।

यमुनाजी छोड़ो, नोएडा के पानी से सुबह ब्रश कर लेने पर इतना झाग बनता है कि उस झाग को नीचे बिठाने के लिए फायर ब्रिगेड़ की गाड़ी को बुलाना पड़ता है।

सच में, जब-तब यह दोगलापन देखकर मैं सदमे में चला जाता हूँ। देश की इस आत्महीनता पर मुझे तरस आता है। मैं सोचता हूँ कि हमारे किसी भी अच्छे या बुरे के पीछे कारण के रूप में हम ही पर्याप्त क्यों नहीं हैं?

हम एतराज करते हैं कि फिल्म 'स्लमडॉग मिलेनियर' में भारत की गलत छवि दिखाई है...मगर उसी फिल्म के लिए जब ए.आर. रहमान को ऑस्कर मिलता है तो 'भारत की' इस उपलब्धि पर हम खुश भी हो जाते हैं।

हम तड़पते हैं, जब अमेरिका के मुँह से कश्मीर निकलता है और कश्मीर में एक भी बम धमाका होने पर गुजारिश करते हैं कि अमेरिका पाकिस्तान पर दबाव बनाए!

हम फख्र करते हैं, जब हमारी कोई फिल्म ऑस्कर के लिए नॉमिनेट होती है...और जब वह पुरस्कार नहीं जीतती तो कहते हैं कि वे हमारी संस्कृति को समझते ही नहीं!

अपने नेताओं के विदेशी मूल से हम एडजस्ट नहीं कर पाते...और ऋषि सुनक जब पी.एम. बनते हैं तो विदेशी ऋषि सुनक के भारतीय मूल पर गर्व भी करते हैं!

बाजार में लोकल घटिया का पर्याय हो गया है तो इंपोर्टेड शान का।

विदेश में सेटल हो जाना तरक्की मान लिया गया है और अपनी भाषा में बात करना पिछड़ापन!

सच...आत्महीनता का मारा, मान्यता का मुंतजिर शख्स ताली भी पीटता है तो नहीं जानता कि यह विषय गर्व का है या शर्म का!

□

दूसरे का मोबाइल और दूसरे की बीवी

आदमी कितना भी गया–गुजरा क्यों न हो, दो चीजें वह अपनी लाइफ में बेस्ट चाहता है। एक मोबाइल और दूसरा गर्लफ्रेंड या बीवी। और जैसे ही ये दोनों चीजें वह खुद से बेहतर किसी के पास देखता है तो फौरन डिप्रेशन में चला जाता है। उसके मन में पहला खयाल यही आता है कि कहीं मैंने ज्यादा जल्दी तो नहीं कर दी! थोड़ा रुक जाता तो शायद बेटर ऑप्शन मिल जाते!

मतलब आपके पास पहले ही डेढ़ हजार मेगा पिक्सल कैमरावाला ऐसा मोबाइल है, जिसमें कपड़े धोने से लेकर बाईपास सर्जरी तक आप सारे काम कर सकते हैं। मगर जैसे ही आप नेट पर पढ़ते हैं कि फलाँ कंपनी के 2 लाख मोबाइल सिर्फ दो घंटे में ऑनलाइन बिक गए, आप टेंशन में आ जाते हैं। तभी आपका एक मनहूस दोस्त आकर बताता है कि भाई, मिल ही नहीं रहे। यह सुनकर आपको और घबराहट होने लगती है। आपका बी.पी. 'लो' होने लगता है।

बी.पी. नॉर्मल करने के लिए आप टी.वी. खोलते हैं तो सामने न्यूज चैनल पर प्राइम टाइम डिबेट चल रही होती है। आपका 'लो बी.पी.' दस सेकेंड की टी.वी. डिबेट सुनकर सीलिंग तोड़कर छत पर रखी पानी की टंकी से टकरा जाता है। और इससे पहले कि यमराज गोद में लेकर आपको अपने भैंसे पर बिठाते, आप चैनल बदल देते हैं।

अगले चैनल पर एक सेलगुरु आपकी जिंदगी में जहर घोलने की तैयारी कर रहा होता है। इस सेलगुरु की हकीकत यह है कि इसको कंपनी ने इसकी छोटी बहन के लिए एक मोबाइल फ्री दिया है, जिसके एवज में ये पाँच मिनट

में यह साबित कर देता है कि कैसे यह मोबाइल ब्रह्माजी द्वारा सृष्टि रचना के बाद बनी अब तक की सबसे बेहतरीन चीज है।

वह बताता है कि कैसे इस नए मोबाइल का कैमरा मंगलयान में लगे कैमरे से अच्छा है, इसका टच आपकी गर्लफ्रेंड से अच्छा है और कैसे इसकी बैटरी आपकी बीवी की जबान से भी ज्यादा चलती है।

वह जिस तरह नए मोबाइल के एक-एक फीचर को आपके मोबाइल से कंपेयर कर उसे बेहतर बताता जाता है, आपको शक होने लगता है कि कंपनी ने यह नया मोबाइल किसी सेगमेंट में अपनी जगह बनाने के लिए नहीं, सिर्फ आपको नीचा दिखाने के लिए लॉन्च किया है।

मतलब टिम कुक नए आईफोन की तारीफ में कुछ भी कहे, मगर हकीकत में उसने यह फोन इसलिए लॉन्च किया है तो ताकि मेरठ में गौशाला रोड पर रहनेवाले पिंकी ठाकुर को शर्मिंदा किया जा सके।

मानो सेलगुरु आपसे कह रहा हो...इतना सब सुनने के बाद तू जिंदा क्यों है...अपने सस्ते मोबाइल के साथ किसी गंदे नाले में डूबकर मर क्यों नहीं जाता!

कुल मिलाकर रिव्यू खत्म होने तक आपकी हालत हिंदी फिल्मों के उस ठाकुर साहब की तरह हो जाती है, जिसकी लड़की घर पर सेटअप बॉक्स ठीक करने आए केबलवाले लड़के के साथ भाग गई है और वह चाहकर भी किसी थाने में इसकी कंप्लेंट नहीं कर सकता।

और कमोबेश यही हाल बीवी को लेकर भी है। मतलब आपकी बीवी पहले ही इतनी खूबसूरत है कि जब आपके दोस्तों ने उसे पहली बार देखा तो आधों का भगवान् से भरोसा उठ गया...उन्हें लगा कि अगर भगवान् होता तो इस मासूम बच्ची के साथ ऐसा जुल्म नहीं होने देता! और बाकी आधों का भगवान् में भरोसा पैदा हो गया...उन्हें लगा, हो न हो, भगवान् हैं...भगवान् हैं, तभी इस जैसे लेमड़चंद को ऐसी बीवी मिल गई। वरना जैसी इसकी शक्ल है, इसे तो शूर्पणखा की कजन भी रिजेक्ट कर देती।

बावजूद इसके मॉल में आप जैसे ही किसी और की खूबसूरत बीवी देखते हैं तो आपका कलेजा मुँह को आ जाता है। आपको अपने लिए बुरा

लगने लगता है और इस बुरा लगने की वजह यह है कि हर लड़के को डीप डाउन यह लगता है कि दुनिया की हर खूबसूरत लड़की को सिर्फ उस पर मरना चाहिए। और अगर वह तब तक उसे नहीं भी मिला था, तो लड़की कुँवारी रह लेती, इतनी जल्दबाजी में शादी क्यों कर ली।

यहाँ पाठकों को बता दूँ कि खुद को लेकर लड़कों की गलतफहमी का आलम यह होता है कि मोहल्ले में किसी भी लड़की की शादी हो जाए तो लड़कों को लगता है, उनके साथ धोखा हो गया।

फेसबुक पर वह किसी अनजान लड़की को उसकी हनीमून पिक्चर्स में खुश देखता है तो उसे लगता है कि मेरे बिना यह इतनी खुश कैसे है! और यह बात वह उस लड़की के बारे में सोच रहा है, जिसे जानना तो दूर, उसका और इसका एक म्यूचुअल फ्रेंड तक नहीं है। वह लड़की की एक के बाद एक फोटो देखता जाता है और कुढ़ता जाता है।

वह सोचने लगता है कि ये लड़कियाँ पता नहीं किन स्कूलों में पढ़ी हैं... किन मोहल्लों में रही हैं...हमारे तो घरवालों ने बॉयज स्कूल में डालकर जिंदगी बरबाद कर दी। जिन मास्टरों से ट्यूशन पढ़ी, वे भी लड़कियों के बैच अलग से लेते थे। साले ठरकी मास्टर!

पर यह सब सोचते-सोचते उसे खुद पर शर्म आने लगती है। इतने में वाशरूम गई बीवी वापस आ जाती है। बच्चे की वजह से सारी रात सो न पाई बीवी का थका हुआ चेहरा देख उसे और बुरा लगता है। तभी वह बीवी का हाथ पकड़कर कहता है कि सोच रहा हूँ, तुम्हारे लिए नया मोबाइल ले लें... यह फोन काफी पुराना हो गया है...एक नया मॉडल आया है। सुबह टी.वी. पर एक सेलगुरु उसकी बड़ी तारीफ कर रहा था!

बीवी पति की इस भलमनसाहत पर भावुक हो जाती है। वह आँख किनारे आए आँसू चुपके से उँगली से पोंछ देती है। बिना यह जाने कि जिस शोरूम में वे दोनों मोबाइल लेने घुसे हैं, कुछ देर पहले उसके पति ने एक बेहद सुंदर कन्या को वहाँ जाते देखा था! वरना तो वे मोबाइल ऑनलाइन लेनेवाले थे। □

आपकी कुंडली में है भ्रष्टाचार योग?

कोई पत्रकार लगातार निष्पक्ष बना हुआ है तो आप उससे सीधे पूछ सकते हैं—'क्यों भाई, लाइन बदलने की सोच रहे हो या गाँव की जमीन हाइवे में आ गई है? आखिर तुम अपने कॅरियर को सीरियसली क्यों नहीं ले रहे?' बहुत मुमकिन है, उसका जवाब होगा—'हाँ यार, सोच रहा हूँ कि प्रॉपर्टी डीलिंग का काम कर लूँ या किसी सरकारी स्कूल के बाहर गैसवाले गुब्बारे बेचने लगूँ।'

इतना तय है कि उसके पास कोई प्लान बी जरूर होगा, वरना पत्रकारिता में निष्पक्ष रहकर कॅरियर बरबाद करना आत्महत्या करने का कोई बेहतरीन विकल्प नहीं है। कारण, निष्पक्षता आज की तारीख में चुनाव नहीं, आपके निकम्मेपन को बताती है। मतलब अपनी लेखनी से आप आज तक किसी पार्टी को कन्विंस नहीं कर पाए कि जरूरत पड़ने पर आप उनके विपक्षी की बखिया उधेड़ सकते हैं या खुद उनकी उखड़ी हुई बखिया सिल सकते हैं।

इसी वजह से आजकल मैं भी खुद को निकम्मा मानने लगा हूँ। बड़ी ईर्ष्या होती है यह सुनकर कि फलाँ पत्रकार उस पार्टी के हाथों जमीर और रीढ़ समेत बिक गया और मैं अब भी पाँच रुपए बचाने के लालच में गले हुए टमाटर खरीद रहा हूँ।

सोचने लगा हूँ कि आखिर मेरे प्रयासों में आखिर कहाँ चूक रह गई? मेरी चटाई में कहाँ कमी रह गई, जो आठ इंच के गद्दे के बजाय मैं अब भी चटाई पर सोने को मजबूर हूँ। ऐसा तो नहीं कि विरोधियों ने बाजार में मेरे ईमानदार होने की अफवाह फैला दी है।

ऐसा है, तो मैं साफ कर दूँ कि सुनी-सुनाई बातों में न आएँ। मेरी निष्पक्षता को मेरी ईमानदारी के रूप में नहीं, सारे ऑप्शन खुले रखने की मेरी कोशिश के रूप में देखा जाए।

इस निष्पक्षता से न तो मैं फ्राइड मोमोज खा सकने लायक पैसे कमा पा रहा हूँ और न ही अपने पीछे गोबर भक्तों की फौज ही खड़ी कर पा रहा हूँ। बीजेपी के खिलाफ लिखता हूँ तो 'सेक्युलर' कहलाता हूँ, 'आप' को टोकता हूँ तो 'भक्त' हो जाता हूँ और कांग्रेस के खिलाफ लिखता हूँ तो...नहीं, इतना बेरोजगार नहीं हूँ कि कांग्रेस के खिलाफ लिखूँ।

पद और वर्क लोकेशन को लेकर मेरी कोई प्राथमिकता नहीं है। चाहे तो पार्टी जॉइन कर मैं सीधे पार्टी ऑफिस से काम कर सकता हूँ या पत्रकार रहते हुए अपने ही ऑफिस से फ्रीलांस कर सकता हूँ।

मुझसे इस ईमानदारी की जिल्लत बस अब और नहीं झेली जाती। लिहाजा सभी पार्टियों से गुजारिश है कि कोई भी 5-10 करोड़ रुपए मेरी तरफ बढ़ाकर मुझे निष्पक्षता के इस दलदल से निकाले।

इच्छुक पार्टियाँ ऑफर लेटर देने से बस दो घंटे पहले मुझे इसके बारे में सूचित करें, ताकि आपके खिलाफ लिखे तमाम ट्वीट डिलीट कर सकूँ। वरना दुश्मन खामख्वाह यहाँ-वहाँ उसके स्क्रीनशॉट दिखाकर हमारे मजे लेते रहेंगे।

बिक जाने की अपनी यह ख्वाहिश मैंने एक वरिष्ठ दलाल और पार्ट टाइम पत्रकार को बताई तो उन्होंने मेरी सोच ही बदलकर रख दी। उन्होंने बताया कि बरखुरदार, कोई भी शख्स सिर्फ चाह लेने भर से भ्रष्ट नहीं हो जाता। इसके लिए किस्मत भी चाहिए होती है। आपकी कुंडली में भ्रष्टाचार का योग भी होना चाहिए।

यह बिल्कुल हेयर डाई जैसा है। एक उम्र के बाद करना हर कोई चाहता है, मगर हर किसी को यह सूट नहीं करती। उन्होंने कुछ और चलताऊ उदाहरण दिए तो सारे जाले साफ हो गए।

याद आया कि दिल्ली आने पर मैंने जब-जब बेटिकट सफर किया तो पकड़ा गया। होशियारी दिखाते हुए रेड लाइट जंप की तो धर लिया गया।

बॉस की आँखों में धूल झोंककर जिस दिन वक्त से पहले घर निकला, उसी दिन पीछे से मेरी जरूरत पड़ गई और पड़ताल करने पर मैं फरार पाया गया।

ऐसे दो-चार मिनी भ्रष्टाचारों में नाकाम रहने पर मैंने बेईमानी के आगे सरेंडर कर दिया। मैं समझ गया कि यह ऊपरवाले की ऐसी 'नेमत' है, जिसका हर कोई हकदार नहीं हो सकता। जो इसके हकदार होते हैं, वे गरीबों से लूटे पैसों से गरीबों के लिए ही धर्मशाला खुलवाकर दानी के रूप में नाम कमाते हैं और पकड़े जाएँ तो देवदूत बनकर कोई दीमक उनके फ्रॉड की सारी फाइलें चट कर जाता है।

किस्मत खराब हो तो स्कूटर की 1200 की ई.एम.आई. न भरने पर आप गली के नुक्कड़ पर रिकवरी एजेंटों के हाथों कूट दिए जाते हैं और तकदीर साथ हो तो 10 हजार करोड़ का घोटाला कर आप चुपचाप विदेश निकल जाते हैं और सरकारें आपकी ही पिलाई भाँग पीकर सोई रहती हैं।

इसलिए कोई आदमी अगर भ्रष्टाचार करने के बावजूद फल-फूल रहा है और बचा हुआ है तो मान लीजिए कि यह उसके पिछले जन्म के अच्छे कुकर्मों का फल है और हेयर डाई की तरह आपको बेईमानी सूट नहीं कर रही तो बहुत संभव है कि पुराने सद्कर्म इस जन्म में आपके भ्रष्ट होने में आड़े आ रहे हैं!

वरिष्ठ दलाल/पार्ट टाइम पत्रकार ने आखिर में बताया कि विवाहेतर संबंध की ताक में बैठे उनके मित्र को कल ही एक ज्योतिषी ने चेतावनी दी थी कि उसने भूलकर भी कहीं और चक्कर चलाया तो पैसों का भारी नुकसान हो सकता है। मित्र ने काउंटर करते हुए विवाहेतर कांडों को सफलतापूर्वक अंजाम देनेवाले कुछ रणबाँकुरों के उदाहरण दिए तो पंडितजी को साफ करना पड़ा कि दूसरों से तुलना मत करो, कुछ-कुछ लोगों को यह सब रास आ भी जाता है!

मित्र भारी मन से बोला, "पंडितजी, अब तो यह ऐसी समस्या है कि मैं चाहकर भी नहीं पूछ सकता कि ऐसा कौन सा नग पहनूँ कि मेरा भी कहीं एक्सट्रा मैरिटल अफेयर चल जाए!"

□

जुकरबर्ग, यह लो हिंदुस्तानियों का सारा डाटा

समझ नहीं आ रहा कि WhatsApp की नई डाटा पॉलिसी पर इतना स्यापा क्यों मचा है? आपका पता नहीं, कम-से-कम मुझे कोई टेंशन नहीं है। मुझे कौन सा प्रधानमंत्री ने न्यूक्लियर बम का कोड बता रखा है, जो व्हाट्सएपवाले कॉपी कर लेंगे? मेरे साथ कौन सा हैरी पॉटर ने खुफिया खजाने का नक्शा शेयर कर रखा है?

आधे हिंदुस्तानी पतियों की चैट तो 'शाम को आते वक्त बाजार से दही लेते आना' वाले मैसेज से भरी होती है। आधे से ज्यादा फैमिली ग्रुप्स की चैट्स तो कब्ज भगाने के देसी उपायों पर होती हैं। आधे घरों में तो बाप, दूसरे कमरे में बैठे बच्चों को मैसेज कर इस बात पर डाँट रहे होते हैं कि टी.वी. की आवाज धीरे कर लो, इस घर में और भी लोग हैं।

समझ नहीं आता कि अब जुकरबर्ग अगर यह पढ़ भी लेगा कि एक चम्मच त्रिफला चूर्ण को गरम पानी के साथ लेने से कब्ज दूर होती है तो उसमें हमारा क्या चला जाएगा?

वैसे भी हम भारतीयों की जिंदगी तो खुली पुस्तक है। हमारे यहाँ तो लोग नए कच्छे तक की फोटो फेसबुक पर डाल देते हैं। वह भी कच्छा पहनकर। ऑफिस के रंगोली कॉम्पिटिशन में थर्ड आने पर लोग ऐसे बधाइयाँ लेते हैं, जैसे Foreign Language Category में बेस्ट फिल्म का ऑस्कर जीत आए हों।

कुछ लोग तो इतने भोले हैं कि गेंदे के फूलों से सजी अपनी सुहागरात की सेज तक दिखा देते हैं और यह भी बता देते हैं कि सेज सजाने के लिए फूल कहाँ से लेकर आए और फूल क्या भाव पड़े? उनका वश चले तो वो Like-Share के चक्कर में सुहागरात का फेसबुक लाइव तक कर दें।

अब इतने भोले लोगों से WhatsApp को और क्या पूछना है, जो वे खुद ही नहीं बता रहे। अगर इन कंपनियों को हमारा डाटा लेकर हमारी आदतें ही जाननी हैं, तो वह मैं ऐसे ही बता देता हूँ। तो दिल थामकर बैठ जाइए और पाजामे का नाड़ा और कुरसी की पेटी बाँध लीजिए।

- असली भारतीय वही है, जो नई कार लेने के बाद 6 महीने तक सीट से उसकी पन्नी नहीं उतारता, क्योंकि पन्नी हटाने से चीज खराब हो जाती है। इसी चक्कर में कुछ लोग सारी जिंदगी अपने दिमाग से भी पन्नी नहीं हटाते और वह unused रह जाता है।
- बस में आधा टिकट लेने के लिए हम 6 साल के बच्चे को 3 का बताते हैं। कपड़े लेते वक्त उसी 6 साल के बच्चे के लिए 9 सालवाला स्वेटर लेते हैं। स्वेटर नया होता है तो बच्चा छोटा होता है। जब तक बच्चा बड़ा होता है तो स्वेटर घिसकर छोटा हो चुका होता है।
- हवाई सफर करते वक्त भारतीय बोर्डिंग पास लेने से पहले फेसबुक पर चेक-इन करते हैं। मगर रोडवेज की बस से जाते वक्त कभी नहीं बताते कि Going to Meerut from Sarai Rohilla Bus Station with Montu and 175 others. जिंदगी में एक बार एयर ट्रैवल करते हैं और फिर सारी जिंदगी बैग से उसका टैग नहीं उतारते। बैग पुराना हो जाता है तो टैग का तावीज बनाकर उसे गले में डाल लेते हैं, मगर फेंकते नहीं।
- एक टी-शर्ट को हम 7 साल तक पहनते हैं, मगर कभी फेंकते नहीं। टी-शर्ट के पुरानी होने पर पहले कामवाली उससे डस्टिंग करती है, फिर छोटा भाई उससे साइकिल साफ करता है और

पुरानी होने पर उससे रसोई की पट्‌टी साफ की जाती है। फिर उसका पोंछा बनाया जाता है और पोंछा भी दो फाड़ हो जाने पर उससे बाथरूम की ढीली टोंटियाँ कसी जाती हैं।

- रिमोट के सेल वीक होने पर उसकी पीठ पर थप्पड़ मारकर चलाते हैं। पढ़ाई में वीक बच्चों को टीचर थप्पड़ मारकर पढ़ाते हैं। कुछ रिमोट थप्पड़ मारने से चल भी जाते हैं, मगर कुछ ढीठ बच्चे...
- दीवाली पर सोनपापड़ी के डिब्बे को हम आगे ट्रांसफर कर देते हैं...एक रिश्तेदार दूसरे को, दूसरा तीसरे को, तीसरा चौथे को। इस तरह एक सोनपापड़ी का डिब्बा साल भर में वास्को-डि-गामा से ज्यादा ट्रैवल करता है। पिछले दिनों कानपुर में एक शख्स उस वक्त गश खाकर गिर पड़ा, जब उसी का दिया सोनपापड़ी का डिब्बा 17 साल बाद दीवाली पर कोई उसे गिफ्ट कर गया।
- हम भारतीयों को 'थोड़ा' समझ ही नहीं आता। Power Nap लेने के नाम पर हम 2-2 घंटे सो जाते हैं। चाय के साथ कुछ हलका खाने के नाम पर भुजिया खाने लगें तो आधा किलो भुजिया खा जाते हैं। अच्छे लगे, तो हम सिरकेवाले प्याज खाकर पेट भर लेते हैं। भूख लगी हो तो हाजमोला की गोलियाँ खाकर पेट भर लेते हैं। शादी में तब तक गोलगप्पे खाते हैं, जब तक उसका पानी नाक से बाहर न आ जाए। तब तक मंचूरियन ठूँसते रहते हैं, जब तक एकाध बॉल कान से निकलकर बाहर न गिर पड़े। खाने के बाद मुँह मीठा करने के लिए रखी सौंफ मुट्ठियाँ भर-भरकर खा जाते हैं। हालत यह है कि कहीं फ्री में मिल रहा हो तो हम सायनाइड का कैप्सूल भी यह सोचकर रख लेते हैं कि क्या पता बाद में काम आ जाए!

□

आहत भावनाओं का कंफर्ट जोन

भावनाएँ आहत करवाना भारत का राष्ट्रीय टाइमपास बन गया है। टाइमपास के मामले में इस खेल ने मूँगफली को भी पीछे छोड़ दिया है। जैसे महिलाएँ कुछ और न समझ आने पर छोटे बच्चों की जुएँ निकाल लेती हैं, उसी तरह हम भारतीय भावनाएँ आहत करवा लेते हैं।

हम इतने छुईमुई हो गए हैं कि फिल्म में बर्फ पड़ती देख अपना कंबल निकाल लेते हैं। अचानक कुत्ते की आवाज सुन नाली में गिर पड़ते हैं। बुलबुले भी हमें देखकर खुद को गामा पहलवान समझने लगे हैं। जैसे—छोटे बच्चे कहीं भी गिर-पड़कर चोट खाते फिरते हैं, हम भी किसी-न-किसी मुद्दे से भिड़कर अपनी भावनाएँ लहूलुहान करवा लेते हैं। ज्ञात इतिहास में शायद ही भावनाओं ने इतना ओवरटाइम किया हो।

मगर भावनाएँ आहत करवाते वक्त आपको थोड़ी सतर्कता बरतनी है। आपको उन्हीं मामलों में अपनी गैरत को ललकारना है, जहाँ आपको कुछ करना न पड़े और सिर्फ गाली देने से काम चल जाए। अगर आप पढ़ें कि भुखमरी सूचकांक में भारत 116 देशों में 107वें नंबर पर है तो आपको भावनाएँ आहत नहीं करवानी।

इसका आप कर भी क्या लेंगे? आप तो खुद श्राद्धों में कौए को डाली पूड़ियाँ चुराकर खाते रहे हैं। पैसे बचाने के लिए घर आए मेहमानों को गुरुद्वारा दिखाने के बहाने वहीं से लंगर खिलाकर लाते रहे हैं। इसलिए ऐसी खबरों का लोड नहीं लेना।

समझना होगा कि हालात बदलने के लिए पूरी दुनिया से लोहा लेना

पड़ता है और जिन लोगों की सारी जिंदगी पब्लिक पार्क में लगी बेंच का लोहा बेचकर बीड़ियाँ पीने में गुजरी हो, वे यह काम नहीं कर सकते। इसलिए भावनाएँ आहत करवाने के खेल में वही लड़ाइयाँ चुनें, जिनमें 'बुरा मानने' के अलावा आपको कुछ करना न पड़े।

मसलन आपकी बिरादरी का कोई भी लड़का अगर आठ-दस कोशिशों के बाद भी दसवीं पास नहीं कर पा रहा, आपके समाज में बच्चों के दूध के दाँत भी तंबाकू खाने से खराब हो जाते हैं। आपकी जात-बिरादरी में लोग बहुत गुंडई करते हैं। दूसरों के बीच भी आप बिरादरी की इस छवि की हेकड़ी दिखाते हैं। मगर किसी फिल्म में अगर कोई गुंडा किरदार आपकी जाति का दिख जाए, तो आपको फौरन उसका बुरा मान जाना है। फिल्मवालों को धमकी देनी है कि वे फौरन माफी माँगें, वरना वे जानते नहीं क्या कि आप कितने बड़े गुंडे हैं!

आप गुंडे हैं, यह कड़वी हकीकत है। आप सभ्य हो जाएँ, इसके लिए कुछ करना पड़ता है। हालात बदलना मुश्किल काम है। गाली देना आसान विकल्प है। इसलिए भावनात्मक मामलों पर भावनाओं में बहकर हालात बदलने के अपनी भावनाएँ आहत करवाकर खुद के जिंदा होने का सबूत दीजिए।

यह एक ऐसा नुस्खा है, जिसे आप कहीं भी लागू कर, कुछ ढंग का न कर पाने के व्यर्थता बोध से ऊपर उठ सकते हैं। भले ही दुनिया की दो सबसे बड़ी झुग्गियाँ मुंबई में हों, लेकिन 'स्लमडॉग मिलेनियर' जैसी फिल्म में अगर झुग्गी दिखाई जाए तो इसका बुरा मानकर अपनी झुग्गी से निकलकर आपको सड़क पर आ जाना है।

दुनिया का हर तीसरा गरीब भारत में क्यों न रहता हो, लेकिन मैथ्यू हेडन जैसा खिलाड़ी हमें तीसरी दुनिया का देश कहे, तो मैथ्यू को पकड़कर उसके हेड को तोड़ देना है। कोई बताए कि दुनिया के सबसे प्रदूषित 10 शहरों में 6 भारत के हैं, तब भी बुरा नहीं मानना, क्योंकि आप तो खुद सर्दियों में अपनी बंद नाक पराली के धुएँ से खोलते रहे हैं।

मित्रो! भावनाएँ आहत करवाने का पहला उसूल ही यह है कि हमें पता होना चाहिए, किस बात पर भावनाएँ आहत करवानी हैं। हमें किसी व्यक्ति, जाति, पुस्तक को अपनी पूरी शख्सियत से जोड़ लेना है और उसके खिलाफ की गई किसी भी टिप्पणी पर भड़ककर खुद को तसल्ली देनी है कि हम अपनी पूरी शख्सियत की रक्षा कर रहे हैं!

इसलिए सम्मान की इस लड़ाई में हमेशा लुंज-पुंज दुश्मन चुनिए। महिलाओं, कलाकारों, प्रेमियों को निशाना बनाइए। ऐलान कर दीजिए कि आज से लड़कियाँ मोबाइल इस्तेमाल नहीं करेंगी, छोटे कपड़े नहीं पहनेंगी, परदे में रहेंगी, चाउमीन नहीं खाएँगी।

लड़के-लड़कियाँ प्यार नहीं करेंगे। प्यार करेंगे तो अपनी जाति में करेंगे। जाति में करेंगे, तो अपने गोत्र में नहीं करेंगे। प्यार करने से पहले पूँछ उठाकर एक-दूसरे का गोत्र चेक करेंगे। आप फरमान सुनाते जाइए और धमकाते जाइए कि किसी ने उसे नहीं माना, तो उसकी ईंट-से-ईंट बजा दी जाएगी। ट्यूबलाइट-से-ट्यूबलाइट खड़का दी जाएगी।

इन फरमानों को अपने 'अहं' से जोड़ लीजिए। औरत जात आपसे लड़ नहीं सकती। दो प्रेमी पूरे समाज से भिड़ नहीं सकते। कलाकार गुंडे बुला नहीं सकता। आप ऐसा कीजिए और करते जाइए। अपनी गली में कुत्ता भी शेर होता है। अगर आपको भी शेर बनना है तो सारी लड़ाइयाँ अपने कंफर्ट जोन में रहकर लड़िए। बाहर निकले, तो कूट दिए जाएँगे।

□

स्क्रिप्ट का सलमान को खुला खत

मैं उस वक्त बहुत छोटा था, मगर बड़े-बुजुर्ग बताते हैं कि सालों पहले एक डायरेक्टर ने सलमान को किसी सीन में शर्ट उतारने से इसलिए रोक दिया था, क्योंकि स्क्रिप्ट इसकी डिमांड नहीं करती थी।

फिर क्या था...भाई को यह बात बिल्कुल पसंद नहीं आई कि कोई उन्हें बताए कि क्या करना है...स्क्रिप्ट भी नहीं। उसी दिन उन्होंने तय किया कि अब से मैं सारी फिल्में बिना स्क्रिप्ट के ही करूँगा।

इसके बाद कई लोगों ने अच्छी-से-अच्छी स्क्रिप्ट सुनाकर सलमान को झाँसे में लेने की कोशिश की, मगर शादी की तरह हर बार वे इस झाँसे से भी बच निकले। हारकर स्क्रिप्ट ने शेरा को @cc में रखते हुए भाई के नाम इंस्टाग्राम पर एक खुला खत लिखा, जिसे मैं यहाँ ज्यों-का-त्यों दे रहा हूँ।

सलमान भाई,

पहले तो इस बात के लिए तहेदिल से माफी कि मैं आपको कुछ पढ़ने को मजबूर कर रही हूँ। मैं अच्छे से जानती हूँ कि कोर्ट के नोटिस के अलावा आप कुछ नहीं पढ़ते। यह भी जानती हूँ कि आपकी नजरों में मेरी स्क्रिप्ट की उतनी ही इज्जत है, जितनी सुबह बजनेवाले पहले अलार्म की, हॉस्टल में रहनेवाले लड़के के लिए पंखे के ब्लेड पर जमी धूल की, छोटे शहर में ट्रैफिक सिग्नल पर लगी लाल बत्ती की और रेलवे स्टेशन पर मिलनेवाली चाय में चायपत्ती की।

मगर क्या करूँ, आपको लेकर मेरे भी कुछ अरमान हैं। कान्स-वान्स

में जब लोग पूछते हैं कि बहन, तुम सलमान के साथ कब आ रही हो, तो अल्लाह कसम, बड़ी बेआबरू हो जाती हूँ।

उन्हें कैसे बताऊँ कि जब भी किसी नए लेखक ने आपको स्क्रिप्ट सुनानी चाही तो आपने कहा कि मुझे एस.एम.एस. कर दो...एस.एम.एस. में तो बीवियाँ राशन के सामान की लिस्ट तक पतियों को ठीक से नहीं भेज पातीं और आप चाहते हैं कि पूरी फिल्म की कहानी आ जाए।

तीसरी कक्षा में सीखा मेरा गणित बता रहा है कि आप 55 की उम्र पार कर चुके हैं। बस कुछ ही साल और हीरो आ सकते हैं। इससे पहले कि फिल्मों में स्क्रिप्ट रखने का रिवाज चला जाए या सोहेल और अरबाज की जिम फीस भरने से परेशान होकर आप खुद ही रिटायर हो जाएँ, मैं चाहती हूँ कि अपनी किसी फिल्म में आप एक बार मुझे भी सेवा का मौका अवश्य दें।

स्क्रिप्ट की डिमांड पर शर्ट न उतारनेवाली बात पर अगर अब भी आप नाराज हैं तो रोहित शेट्टी की फिल्मों में उड़नेवाली जीप के टायर की कसम खाकर कहती हूँ कि आगे से कभी ग्रेविटी का हवाला देकर कुछ करने को मजबूर नहीं करूँगी।

आप चाहें तो हरियाणवी से लेकर हिब्रू तक सारी फिल्मों के डायलॉग एक ही एक्सेंट में बोल सकते हैं। एक ही मुक्के में ठाकुर की हवेली से लेकर चीन की दीवार तक सब तोड़ सकते हैं, मगर आपकी फिल्म में कॉमन सेंस इस्तेमाल न करने की कसम मैं कभी नहीं तोड़ूँगी।

फिल्म में आपकी रोने की एक्टिंग देख कभी नहीं हँसूँगी। कोई और हँसा तो उसके सिर पर ट्यूबलाइट फोड़ दूँगी। फिर भी नहीं माना तो आपकी फिल्म 'ट्यूबलाइट' दिखाकर उसकी जान ले लूँगी, मगर आपको लुलिया भाभी की पोनी में लगाए कल्चर की कसम, अपनी किसी एक फिल्म में मुझे भी ले लो। नाखून चबाती, डायपर पहने कोने में पड़ी रहूँगी, मगर किसी को कुछ नहीं कहूँगी।

जानती हूँ कि इतनी लंबी तो आप फिल्म की स्क्रिप्ट नहीं पढ़ते तो

स्क्रिप्ट का लिखा खत क्या पढ़ेंगे...फिर भी खुद को यह खत लिखने से रोक नहीं पाई। किसी बात का बुरा लगा हो, तो गुस्से को चिंकारा समझकर गोली मारें और मुझे माफ कर दें।

आपकी (हो न सकी)

एक अदनी सी स्क्रिप्ट

□

शिवपालगंज में वैक्सीनेशन

मम्मी-पापा को आज वैक्सीन की दूसरी डोज लेनी थी। जिस सरकारी सेंटर पर बुकिंग करवाई थी, उसका नाम डालने पर गूगल में कोई जगह दिखाई नहीं दी। यह देखकर मैं घबरा गया कि लोगों को तो वैक्सीन नहीं मिल रही, पर मुझे तो वैक्सीनेशन सेंटर ही दिखाई नहीं दे रहा। कुछ और समझ नहीं आया तो सेंटर जिस ब्लॉक में था, मैं वहीं पहुँच गया।

वहाँ पहुँचने पर एक पुलिसवाले ने रहस्योद्घाटन किया कि भाईसाहब, यह जगह तो यहाँ से 25 किलोमीटर दूर है...आपको वहाँ जाना पड़ेगा! इससे पहले कि मैं उसके कदमों में गिरकर रहम की भीख माँगता, सेंटर पर एक ताजा नहाया आदमी दिखाई दिया। देखकर लग रहा था कि शायद वहीं काम करता है। जब उसने मेरी समस्या सुनी तो बताया कि आपने रजिस्ट्रेशन करवा रखा है तो यहाँ से भी वैक्सीनेशन करवा सकते हैं। सारा सिस्टम centralized है।

वैक्सीन के लिए हमने 1 से 3 बजे के स्लॉट की बुकिंग करवाई थी। मम्मी-पापा को गाड़ी में ही बैठा छोड़कर मैं लाइन में लग गया। आगे बमुश्किल 4-5 लोग थे। सामने खड़े शख्स से बात की, तो पता चला कि अभी लंच टाइम चल रहा है। 10 मिनट बीते, 20 मिनट बीत गए, आधा घंटा गुजरा, पर लाइन वहीं-की-वहीं थी।

तभी एक सीनियर पुलिस अधिकारी दो लोगों को साथ लिये वहाँ पहुँचा। वे सीधे अंदर चले गए। लाइन में खड़े तमाम लोग समझ गए कि ये पुलिसवाले के कोई परिचित हैं, मगर इतनी धूप में किसी की क्रांति करने की हिम्मत नहीं थी, वह भी पुलिसवाले के खिलाफ, इसलिए सब चुपचाप लाइन में खड़े रहे।

पर जब इसके दस मिनट बाद भी लाइन आगे नहीं बढ़ी, तो सबकी हिम्मत जवाब दे गई। इस पर कुछ लोगों ने हल्ला किया तो पता चला कि जिस डॉक्टर ने इंजेक्शन लगाना है, वह तो अभी आई ही नहीं!

एक बजे के टाइम स्लॉटवाला एक आदमी आखिरकार जब 2 बजकर पाँच मिनट पर आगे बढ़ा तो लोगों ने जयकारे लगा दिए। कुछ अति उत्साहियों ने तो वहाँ नारियल फोड़ दिए। कुछ लोग भावुक होकर वीडियो कॉल कर घरवालों को यह बात बताने लगे, जैसे किसी हिमस्खलन से बच आए हों। सवा घंटे बाद लाइन का आगे बढ़ना एक भावुक घटना थी। तब तक हर कोई मन-ही-मन लूप में 15-20 बार हनुमान चालीसा पढ़ चुका था।

मगर जैसे ही पहला आदमी अंदर गया, वहाँ हंगामा हो गया। वो 45+ था और अपनी दूसरी डोज लेने आया था। अंदर जाने पर बताया गया कि अब यहाँ सिर्फ 60 से ऊपरवालों को ही वैक्सीन लग रही है। यह सुनते ही दो घंटे से अपनी बारी का इंतजार कर रहे लोगों को हार्ट अटैक आते-आते बचा। कुछ ने अपनी चूड़ियाँ तोड़ लीं और दो घंटे से लाइन में भूखे खड़े लोग वे चूड़ियाँ भी खा गए।

आधे से ज्यादा लोग वहाँ 45+ थे। जब उन्होंने रजिस्ट्रेशन करवाया था, तब इस एज ग्रुप का वैक्सीनेशन वहाँ हो रहा था। और अब लाइन में एक घंटे लगने के बाद उन्हें बताया गया कि वे सब गधे हैं, जो बिना बात के ही वहाँ खड़े हैं। वैसे भी कोरोना इनसानों में फैल रहा है, गधों में नहीं, इसलिए वे वापस घर चले जाएँ।

बात और बढ़ी तो स्टाफ के लड़के ने बाहर आकर बताया कि यहाँ सिर्फ 60+ वालों का वैक्सीनेशन हो रहा है, इसलिए बाकी लोग अपने-अपने गाँवों को लौट जाएँ। जैसाकि तय था, इसके बाद वहाँ खूब हंगामा हुआ। जिसका आशय लोगों के हिसाब से यह था कि सिस्टम निकम्मा है और सरकार भ्रष्ट। वहीं सिस्टम की नुमाइंदगी कर रहे उस लड़के के तेवर कुछ ऐसे थे कि हाँ, हम हैं निकम्मे; उखाड़ लो, जो उखाड़ना है।

जैसाकि बुजुर्गों ने कहा है कि हर चीज में कुछ फायदा छिपा होता है, तो

इस अव्यवस्था का फायदा यह हुआ कि मेरे आगे खड़े सारे 45+ एक झटके में disqualify हो गए और सीधे मम्मी-पापा की बारी आ गई। मैंने सिस्टम की इस अफरातफरी को दिल से धन्यवाद दिया और अंदर चला गया। लगा कि अब 5 मिनट में ही काम हो जाएगा।

मगर अंदर काउंटर पर बैठी कोरोना की छोटी बहन घर से यह तय करके आई थी कि वह आज किसी को टीका नहीं लगने देगी। मैंने मोबाइल पर रजिस्ट्रेशन का मैसेज दिखाया, तो बोली कि इनका वैक्सीनेशन तो नहीं हो सकता, ये तो दूसरे सेंटर का नाम है। मैंने कहा कि मगर मेरी 'फलानाँ जी' से बात हो गई है। मगर वह सुनने को तैयार नहीं थी।

इस बीच वैक्सीनेशन से अयोग्य करार दिए गए 45+ लोगों की बौखलाई भीड़ अपने हक की सूई के लिए अंदर आ गई थी। सब लोग वहीं आकर चिल्लाने लगे थे। लग रहा था कि उनकी चीखों से शीशियों में भरी वैक्सीन ढक्कन तोड़कर पूरे वातावरण में फैल जाएगी और हम लोग भी उसी को सूँघकर घर चले जाएँगे।

मगर इससे पहले कि ऐसा कुछ होता, कोरोना की छोटी बहन को इनसानियत का दौरा पड़ा। उसने मुझसे मेरा नंबर माँगकर रिकॉर्ड चेक किया तो उसमें मम्मी-पापा के रजिस्ट्रेशन की डिटेल्स मिल गईं।

पापा ने इंजेक्शन लगवाने के लिए टी-शर्ट की बाजू ऊपर कर ली और इससे पहले कि ट्रेनी डॉक्टर इंजेक्शन लगाती, उसके बगल में रजिस्टर लेकर बैठे मोहम्मद कैफ ने पूछा, "इनका आधार कार्ड नंबर क्या है?"

मैंने पापा से पूछा, "आपका आधार कार्ड कहाँ है?" उन्होंने कहा, "वह तो मैं लाया नहीं।" फिर यही सवाल मम्मी से पूछा तो उन्होंने मुझे ही डाँटते हुए कहा, "तुमने कब बताया कि आधार कार्ड लेकर चलना है...हम वैक्सीनेशनवाला पिछला कार्ड लाए तो हैं!"

मैं इस बात पर दो सवाल और पूछता तो मुझे और डाँट पड़ती और काम न करने की ताक में बैठे वहाँ के स्टाफ को समझ आ जाता कि कुछ गड़बड़ है।

इसलिए मैं चुपचाप वॉलेट में कार्ड ढूँढ़ने की एक्टिंग करने लगा। तब तक पापा को इंजेक्शन लग चुका था। मगर कार्ड तो ढूँढ़ना ही था, क्योंकि स्टाफ के तेवर से लग रहा था कि इन्हें डिटेल्स नहीं बताई तो ये दोबारा बाजू में सूई घुसेड़कर दवाई निकाल लेंगे।

तभी याद आया कि होटल बुकिंग के लिए एक बार सभी के आधार कार्ड की कॉपी मेल की थी, मगर घबराहट में न होटल का नाम याद आ रहा था, न मेल का subject!

मेल ढूँढ़ने की घबराहट में मेरे हाथ काँप रहे थे और तब तक 45+ की भीड़ अस्पताल को आग लगाने के लिए घर से मशाल ला चुकी थी। इससे पहले कि उनमें से कोई अस्पताल की दीवार पर पेट्रोल छिड़ककर पूरे अस्पताल को भस्म कर देता, मुझे मेल मिल गया।

मैंने एक साँस में दोनों के आधार कार्ड नंबर बताए। फौरन जाकर गाड़ी में बैठा और घर आ गया। रास्ते में मम्मी इस बात के लिए डाँटती रहीं कि तुमने बताया नहीं कि आधार कार्ड भी ले जाने थे!

दोस्तो! जरूरी नहीं कि हर जगह ऐसे ही हालात रहे हों। इसके बाद हालात में सुधार भी आया। मगर उस दो घंटे में मेरा जो अनुभव रहा, ऐसा लगा कि मैं 'राग दरबारी' के शिवपालगंज के सरकारी अस्पताल की सैर कर आया हूँ। वह अस्पताल जो आज भी अपने पूरे हुस्न और पुरातात्त्विकता के साथ इस देश के हर शहर-कस्बे में जिंदा है और जिसकी कमजोरी देखकर लगता है कि इतने सालों में हमने उसे ताकत के लिए कोई वैक्सीन नहीं दी।

□

फेसबुक की दुनिया

दोस्तो! फेसबुक की दुनिया के प्लैटर में कई तरह के आइटम पाए जाते हैं। यहाँ ऐसे रंगीन मिजाज भी हैं, जिनके आगे शशि थरूर भी गौरक्षक लगते हैं; ऐसे ज्ञानी भी हैं, जिनके आगे आइंस्टीन भी जेठालाल लगते हैं और हर रोज चीन-पाकिस्तान से जंग का ऐलान करनेवाले ऐसे क्रांतिकारी भी, जो अचानक पटाखे की आवाज सुनकर नाली में गिर जाते हैं। इसके अलावा फेसबुक के अभयारण्य में कई तरह के जीव-जंतु पाए जाते हैं, जिनके बारे में अगले कुछ पैराग्राफ में हम विस्तार से चर्चा करेंगे, ताकि यू.पी.एस.सी. की परीक्षा में उनसे जुड़ा सवाल आ जाने पर आप खुद को निहत्था न पाएँ। तो जाति और ख्याति के आधार फेसबुकियों को निम्नलिखित श्रेणियों में रखा जा सकता है—

क्रांतिकारी

फेसबुक के क्रांतिकारी अति आत्मविश्वासियों की वह नस्ल है, जिनके छह बार हाथ हिलाने पर भी रिक्शेवाला तक इनकी शक्ल देखकर रिक्शा नहीं रोकता, मगर फेसबुक पर ये हर रोज चीनी राष्ट्रपति को यह कहकर धमकियाँ दे रहे होते हैं कि 'अब भी वक्त है, सुधर जाओ।'

ये मेट्रो में लाचार-सी दिखनेवाली सवारियों को पकड़कर समझा रहे होते हैं कि कैसे वित्त मंत्री इनके बताए रास्ते पर चलकर राजकोषीय घाटे को सवा 6 फीसदी से घटाकर सवा 3 फीसदी कर सकते हैं, जबकि खुद 11 लिखते वक्त ये कंफ्यूज हो जाते हैं कि कौन सा 1 पहले लिखना है!

ये दिनभर प्रधानमंत्री से अपने 15 लाख रुपयों का हिसाब माँगते हैं और अचानक डोरबेल बजने पर घबराकर बच्चों को कह देते हैं, "बेटा, दूधवाला पैसे माँगने आया हो तो कह देना कि पापा काँवड़ लेकर हरिद्वार गए हैं।"

जल्दी आउट होने पर कोहली को ज्ञान दे रहे होते हैं कि कैसे ऑफ स्टंप से ज्यादा बाहर जाती गेंद को खेलने के चक्कर में वह हर बार आउट हो रहा है, जबकि खुद इन्हें इनकी गली की टीम में भी इस शर्त पर खिलाया जाता था कि "देख भाई, शॉट कोई भी मारे, बॉल नाली में गिरी, तो उठाएगा तू ही।"

सीनियर ठरकी!

फेसबुकिया क्रांतिकारियों के बाद सीनियर ठरकियों ने फेसबुक पर अच्छी-खासी तबाही मचाई हुई है। ये वे सीनियर फेसबुकिए हैं, जो कभी किसी लड़के की पोस्ट को लाइक नहीं करते। मगर किसी भी लड़की की बाँकी-टेढ़ी रंगोली पर भी यह कहकर उसका हौसला बढ़ा रहे होते हैं—"बहुत खूब गुड़िया, बड़ी होकर पिकासो बनोगी।"

दूसरी लड़कियों में पिकासो ढूँढ़नेवाले ये वे वरिष्ठ हैं, जिन्हें खुद अपनी बीवी 'बकवासो' नजर आती है। खुद की बीवी अगर साहित्य में नोबेल पुरस्कार भी जीत जाए तो उसे यह कहकर धमकी दे रहे होते हैं कि खबरदार! अगर तुमने अपनी किसी फोटो में मुझे टैग किया...ताकि कहीं दुनिया को पता न लग जाए कि वे शादीशुदा हैं।

और रंगोलीवाली गुड़िया अगर 'चिड़ी उड़, तोता उड़' भी लिख दे, तो ये उसकी तारीफ में पूरा पैराग्राफ लिख मारते हैं—"वाह! क्या कहने। नारी मुक्ति के अहसास का बोध कराती ऐसी शानदार पंक्ति मैंने आज तक नहीं पढ़ी। मतलब उड़ने के लिए चिड़ी, तोते का इंतजार नहीं कर रही है। ऐसा नहीं कि पहले तोता उड़े, फिर चिड़ी उड़ेगी। चिड़ी का दिल किया तो वह उड़ गई और फिर उसकी नकल कर पीछे-पीछे तोता भी उड़ गया। मतलब यहाँ नारी पुरुष को राह दिखा रही है। बहुत खूब लाजरानी (एक्साइटमेंट में नाम

भी गलत लिख गए), बहुत खूब। तुम जीवन में बहुत आगे जाओगी और जब थोड़ा और आगे जाओगी तो वहाँ तुम्हें मैं मिलूँगा और फिर मैं तुम्हें बताऊँगा कि हमें कहाँ जाना है!"

दिक्कत यह है कि ऐसे ठरकीजन लड़कियों की फर्जी तारीफ कर-करके उनका कॉन्फिडेंस इतना बढ़ा देते हैं कि जो लड़की पहले ही लड़कों को कुछ नहीं समझती थी, इन सब तारीफों के बाद वह लड़के को और भी ज्यादा तुच्छ, दरिद्र, लंपट और मच्छर टाइप समझने लगती है। वरिष्ठ ठरकियों की ऐसी तारीफों के बाद सामान्य लड़कों की उन्हें पटाने की संभावना अगले ढाई-तीन सौ सालों के लिए खत्म हो जाती है।

एक दिन एक ऐसे ही ठरकीजन की उँगली पर प्लास्टर बँधा देखा, तो मैंने घबराकर पूछा, "सर, क्या हुआ? दिनभर लड़कियों की पोस्ट लाइक कर-करके आपकी उँगली घिस गई क्या?"

वे बोले, "नहीं बरखुरदार, वो गलती से मेरी उँगली से किसी लड़के की पोस्ट लाइक हो गई थी तो गुस्से में दीवार पर मुक्का मारकर मैंने अपनी उँगली ही तोड़ डाली!"

जुकरबर्ग की जिज्ञासा

इन नगीनों के अलावा फेसबुक के महासागर में कई और तरह की प्रजातियाँ भी पाई जाती हैं, जिन्हें लेकर मेरे ही नहीं, मार्क जुकरबर्ग के मन में भी कई तरह के सवाल उठते होंगे। कुछ साल पहले जगरू भैया जब भारत आए तो ये सब सवाल पूछना भी चाहते थे, मगर व्यस्तता के कारण ऐसा नहीं कर पाए। पर उन सवालों की लिस्ट मेरे हाथ लग गई है। पेश हैं ऐसे ही कुछ मासूम सवाल, जो जगरू भैया हम भारतीयों से पूछना चाहते थे—

भारत की कुल आबादी 140 करोड़ ही क्यों है, जबकि फेसबुक पर 250 करोड़ अकाउंट तो 'राष्ट्रवादी' और 'क्रांतिकारी' नामों से ही बने हुए हैं?

फेसबुक पर अपनी फोटो खुद लाइक करनेवालों के लिए भारतीय दंड संहिता में सजा का क्या प्रावधान है?

फेसबुक पर 'OK' को 'K' टाइप करके टाइम बचानेवाले लोग अपने इस बचे हुए टाइम का क्या करते हैं?

अपनी प्रोफाइल लॉक करके दूसरों को फ्रेंड रिक्वेस्ट भेजनेवालों की पिटाई घर पर की जाती है या चौराहे पर?

फेसबुक पर दिनभर मारने-काटने की बात करनेवाले लोगों की ऊर्जा का इस्तेमाल भारत सरकार बिजली बनाने में क्यों नहीं कर रही?

एक आम क्रांतिकारी द्वारा एक हफ्ते तक फेसबुक पर खपाई ऊर्जा से औसतन कितने वाट बिजली बनाई जा सकती है?

एक लड़की से कितनी बार फ्रेंड रिक्वेस्ट कैंसिल कराने पर भारतीय लड़कों को शर्म आने लगती है? आती भी है या नहीं...क्या लड़कियों के मामले में भारतीय लड़के शर्मनिरपेक्ष हैं?

सेल्फी के लिए पाउट बनाते हुए एक औसत भारतीय लड़की अपना मुँह कितने डिग्री तक घुमाती है?

इसी पाउट के झाँसे में आनेवाले लड़कों को यही लड़कियाँ कितने दिनों तक घुमाती हैं?

और

हिंदुस्तान में लड़कियों के आधे अकाउंट जब एंजेल प्रिया के नाम से बने हैं तो उन्हें अब तक भारत में एंजेल प्रिया नाम की एक भी लड़की क्यों नहीं मिली? कहाँ गई ये सारी एंजेल प्रियाएँ?

□

चोरों का हमदर्द देश

बचपन में जब भी चौकीदार को सीटी बजाते देखता था तो यही सोचता था कि अगर इसका मकसद चोर को पकड़ना ही है, तो यह सीटी बजाकर चोर को आगाह क्यों कर रहा है? ऐसा तो है नहीं कि चौकीदार बचपन से फुटबॉल रेफरी बनना चाहता था और आज भी सीटी बजाकर खुद को अपना मकसद नहीं भूलने दे रहा या छोटी बहन के साथ घर-घर खेलते वक्त यह कुकर बना करता था और सीटी बजाकर बहन से जुड़ी उन यादों को ताजा कर रहा है। फिर नोट किया कि घटिया अप्रेजल से नाराज हिंदी फिल्मों का चौकीदार तो एक कदम आगे बढ़कर 'जागते रहो' की भावुक अपील भी करता है।

बड़ा हुआ तो यही चीज सी.सी.टी.वी. कैमरे को लेकर देखी। जहाँ-जहाँ सी.सी.टी.वी. कैमरे लगे रहते हैं, वहाँ-वहाँ बगल में यह भी लिखा रहता है—'आप सी.सी.टी.वी. कैमरे की जद में हैं' और यह पढ़ते ही उठाईगीरों के मुँह से निकलता है—'जानकारी के लिए बहुत-बहुत शुक्रिया!'

वहीं जब कहीं कोई हादसा होता है तो पता लगता है कि उसके आसपास लगे सी.सी.टी.वी. कैमरे तो कब के खराब पड़े हैं। ऐसा लगता है, मानो हादसा होते ही सी.सी.टी.वी. कैमरों में गांधीजी के उस बंदर की आत्मा आ जाती है, जिसे बुरा न देखने की सीख मिली हुई है।

दरअसल इस देश के पूरे सिस्टम के अवचेतन में चोर-उचक्कों के हितों को लेकर भारी संवेदनशीलता है। बस में घुसते ही लाइन पढ़ने को मिलती है—'सवारी अपने सामान की खुद जिम्मेदार है।' थोड़ी देर में चालक की

ड्राइविंग देखकर समझ भी आ जाता है कि सामान की ही नहीं, सवारी अपनी जान की भी खुद जिम्मेदार है।

दिल्ली जैसे शहर में भूल से पार्किंग के लिए जगह मिल भी जाए, तो वहाँ लिखा रहता है—'पार्किंग एट ओनर्स रिस्क'। कुछ जगह तो No Parking की जगह कार लगाने पर गाड़ी और ड्राइवर, दोनों को फोड़ देने की सविनय धमकियाँ भी लिखी रहती हैं। इससे पहले हम चौर्य कर्म की व्याख्या में यह कहते हुए उसे जस्टिफाई तो कर ही चुके हैं कि चोरी में भी तो मेहनत लगती है!

मतलब लाठियाँ बजाकर और सी.सी.टी.वी. कैमरों की जानकारी देकर चोरों को तो आगाह किया जा रहा है कि छोटे भाई, सँभलकर और सवारी पर सामान की जिम्मेदारी लादकर उसे बताया जा रहा है, लुटने के लिए तैयार रहो। तुम्हारी तकदीर में यही सब लिखा है!

तख्तापलट के वक्त सरकारों को समर्थन न देने पर विपक्ष के भ्रष्ट नेता ई.डी., सी.बी.आई. की नजरों में आ जाते हैं, लेकिन समर्थन की चिट्ठी मिलते ही जाँच एजेंसियों को मोतियाबिंद हो जाता है और चोरों के हमदर्द सी.सी. टी.वी. कैमरों की तरह वे भी कुछ नहीं देख पातीं।

चोरी का यह पूरा माहौल इस हद तक लोकतांत्रिक है कि इसमें अमीर-गरीब सबके लिए समान अवसर मौजूद हैं। आप गरीब हैं तो बसों में बटुए चुराएँ। अमीर हैं तो सरकारी बैंकों का पैसा खा जाएँ। नौसिखिए हैं तो चप्पलें उठाएँ, बिजनेसमैन हैं तो टैक्स चुराएँ।

यह भी नहीं करना तो निराश न हों। कॉमेडियन हैं तो दूसरों के पंच चुराएँ, संगीतकार हैं तो दूसरों का म्यूजिक चुराएँ। उधार ले रखा है तो लेनदारों से नजरें चुराएँ, काम से दिल चुराएँ, फेसबुक पर दूसरों के स्टेटस चुरा लें और आशिक हैं तो हसीनाओं के दिल चुराएँ, यहाँ विकल्पों की कोई कमी नहीं है। □

बातें कम, स्कैम ज्यादा

बचपन में स्कूल की दीवारों पर पढ़ा करते थे—बातें कम, काम ज्यादा। बड़े हुए तो देखा कि टेलीकॉम कंपनियाँ अनलिमिटेड टॉक टाइम देकर हमें उकसा रही हैं...जितनी चाहो, उतनी बातें करो।

टीचर समझाते थे, ज्यादा बोलोगे तो मुँह की खाओगे...फिर बड़े हुए तो देखा कि जो ज्यादा बोलते थे, वो मोटिवेशनल स्पीकर बनकर अपने मुँह की खाने लगे।

माँ-बाप समझाते थे कि जब भी बोलो, सोच-समझकर बोलो। फिर देखा, जो ज्यादा सोच-समझकर बोले, वे बिग बॉस के पहले ही राउंड में बाहर हो गए। ज्यादा सोचकर बोलनेवालों का टी.वी. डिबेट में नंबर ही नहीं आया।

हमेशा सुनते थे, कम बोलो। फिर बड़े हुए तो सिर्फ एक ही आदमी देखा, जो कम बोलता था...वो थे...डॉ. मनमोहन सिंह। डॉक्टर साहब 10 साल पी.एम. रहे और कुछ नहीं बोले। जबकि हफ्ते बाद तो नया सोफा भी आवाज करने लगता है। सिंह साहब इस हद तक चुप रहे कि यकीन करना मुश्किल था कि उन्हें भगवान् ने बनाया है या मैडम तुसाद ने।

उनके देखते-देखते महँगाई धरती के गुरुत्वाकर्षण क्षेत्र को पार कर गई, बढ़ती महँगाई से परेशान होकर खुद महँगाई डायन ने कुएँ में कूदकर अपनी जान दे दी। चीनी सैनिक बॉर्डर क्रॉस कर हर हफ्ते चीनी लेने भारत आने लगे। टू-जी, सी.डब्ल्यू.जी. से लेकर जीजाजी तक इतने घोटाले हो गए, फिर भी सिंह साहब कुछ नहीं बोले। मैंने वजह पूछी, तो उन्होंने बताया कि मैडम ने

समझाया है—बातें कम, स्कैम ज्यादा!

सयाने कहते हैं कि ज्यादा बोलनेवाले को लोग पसंद नहीं करते। कोई उसे मुँह नहीं लगाता। फिर देखा कि ज्यादा बोलनेवाले एक आदमी को लोगों ने इतना पसंद किया कि उन्हें देश का प्रधानमंत्री ही बना दिया!

उन्हें देखकर यकीन होता है कि कोई रोकने-टोकनेवाला न हो, तो अकेला आदमी कभी घर पर नहीं टिकता। इतने सादगी पसंद हैं कि आज भी दो कमरों के मकान में रहते हैं। इतने चौकन्ने हैं कि सी.सी.टी.वी. कैमरा भी इनकी निगरानी में रहता है। अगर बातों को पीसकर उसका आटा बनाया जा सकता, तो ये अकेले ही पूरे देश का पेट भर देते। जब मैंने मोदीजी से पूछा कि सर, 'मेक इन इंडिया' में आपका क्या योगदान है? आप क्या बना रहे हैं? तो उनका जवाब था—बातें।

छठीं कक्षा की नैतिक शिक्षा की पुस्तक में सीख दी जाती थी—कोई बोल रहा हो, तो बात नहीं काटते। फिर बड़ा हुआ और मैंने टी.वी. पर अर्णब गोस्वामी को देखा। जैसे नाई बाल काटता है, घसियारा घास काटता है, खलिहर वक्त काटता है, वैसे ही अर्णब बात काटता है। अर्नब इकलौते शख्स हैं, जो मन की बात भी नहीं सुन पाते। क्योंकि मन जैसे ही कुछ बोलने लगता है, वे उसकी बात भी काट देते हैं।

कुल मिलाकर बोलने को लेकर घालमेल ऐसा है कि सोनियाजी क्या बोलती हैं, कोई नहीं जानता। मनमोहन सिंह कब बोलेंगे, कोई नहीं बता सकता; राहुल गांधी क्या बोल जाएँ, वो खुद नहीं जानते और मोदी साहब कब तक बोलते रहेंगे...ये खुदा भी नहीं जानता।

बोलने को लेकर मैंने जितनी भी बातें बचपन में सुनी थीं, बड़े होकर देखा कि उन सबकी एक-एक करके बोलती बंद हो गई है। 'सोच-समझकर बोलो' की हिदायत, 'तुम बोल दो, दुनिया समझती रहेगी क्या बोला है' में तब्दील हो गई। गाड़ी की जगह गलत जबान चलाने पर चालान कटता तो आज हर भारतीय दिवालिया होता। हम बोल तो बहुत रहे हैं, मगर पता नहीं, कहना क्या है? फोन पर बात करनेवाले बहुत हैं,

मगर दिल की सुननेवाला कोई नहीं। दुनिया से बात करने के लिए हमारे पास तीन–तीन मैसेंजर हैं, मगर घरवालों से बात करने के लिए 3 मिनट भी नहीं।

□

मेरी नीरस आत्मकथा

कई बार सोचता हूँ कि बड़े लोगों की तरह कल को मुझे भी आत्मकथा लिखनी पड़ी, तो उसमें आखिर क्या सनसनीखेज लिखूँगा। कुछ लेखक आत्मकथाओं में अपने दर्जनों अफेयर्स का जिक्र कर उसे मसालेदार बना देते हैं। मेरे अफेयर्स का आलम तो यह है कि मसालेदार होना तो दूर, उसमें आज तक जीरे का छौंक भी नहीं लगा। जिन्हें मैं अफेयर मानता था, उनमें से ज्यादातर आगे जाकर 'गलतफहमी' निकले।

अफेयर के लिए दो लोगों का एक-दूसरे को चाहना जरूरी होता है। मेरे केस में यह शर्त हमेशा 50 प्रतिशत ही पूरी हो पाती थी! दो-चार रिजेक्शन के बाद मैं इस नतीजे पर पहुँचा कि मेरी लव लाइफ शहर की लड़कियों की गहरी साहित्यिक समझ की वजह से आगे नहीं बढ़ पा रही। वे जानती थीं कि मुझमें हास्य-व्यंग्य की थोड़ी-बहुत प्रतिभा है, इसलिए जिस किसी को प्रपोज किया, उसने 'न' कह दी।

उन्हें पता था कि 'हाँ' कर देंगी तो उनके प्यार में पड़ मैं कविताएँ लिखने लगूँगा। ज्यादातर अखबार अब कविताएँ छापते नहीं। प्रकाशक बड़े कवियों तक से पुस्तक छापने के पैसे लेते हैं, मेरे जैसे का तो वे मकान गिरवी रखवा लेंगे। फेसबुक पर भी जब ब्लॉक करने की बारी आती है तो सबसे पहला नंबर कवियों का ही लगता है।

ऐसे में मेरे इश्क को 'हाँ' कहकर वे मेरे साहित्यिक कॅरियर को 'न' कहने का पाप मोल लेना नहीं चाहती थीं। इसलिए मेरे हर प्रस्ताव को उन्होंने

डॉ. बत्रा का एस.एम.एस. समझ नजरअंदाज कर दिया, ताकि रिजेक्शन से फ्रस्टेट होकर मैं व्यंग्य लिखने लगूँ।

मैंने व्यंग्य भी लिखे, मगर मेरी हिंदी इतनी खराब थी कि शुरुआती रचनाएँ संपादकों ने इस खेद के साथ लौटा दीं कि हम केवल हिंदी में व्यंग्य छापते हैं!

इस अपमान से आहत होकर मैं फेसबुक पर गंभीर लेख लिखने लगा। इन लेखों से प्रभावित होकर दर्जनों लड़कियों ने फेसबुक पर मुझसे दोस्ती की इच्छा जाहिर की, मगर भौगोलिक दिक्कतों के चलते मैं किसी से अफेयर नहीं चला पाया। क्योंकि बेइंतहा प्यार होने के बावजूद मेरे पास इतने पैसे नहीं थे कि मैं हवाई जहाज का टिकट खरीदकर उनसे मिलने रवांडा, मोजांबिक, कांगो, नाइजीरिया या ट्यूनीशिया जा सकता और मोहल्ले के सभी रिक्शेवाले इतने ढीठ थे कि 10-20 रुपए ज्यादा का लालच देने के बाद भी कोई सीधे वहाँ जाने को तैयार नहीं हुआ। इस तरह मेरी आत्मकथा में अफेयर का चैप्टर खाली रह गया।

दूसरी चीज थी कि मैं किसी बड़े आदमी का खुलासा कर दूँ। दुनिया को उस बड़े आदमी का कोई राज बता दूँ। लेकिन खुलासा करने के लिए जरूरी था कि किसी बड़े आदमी से मेरी जान-पहचान होती। यहाँ तो हालत यह है कि आज तक किसी बड़े आदमी ने मेरा फोन तक नहीं उठाया। उठाया भी, तो हैलो करने से पहले मेरे मुँह से निकल गया...सर, प्लीज डाँटना मत!

इस मामले में मेरा आत्मविश्वास दिल्ली के मुख्यमंत्री जैसा है, जो एक विज्ञापन में अपना नाम बताते ही कहते हैं—'प्लीज फोन मत काटिएगा।' हम दोनों को ही इस बात का अच्छे से इल्म है कि हमारी आवाज सुनते ही सामनेवाला क्या करेगा!

इसके बावजूद बड़े लोगों ने आज तक मेरे साथ जो सुलूक किया है, अगर वह बता दूँ, तो मुझे हमदर्दी मिलने के बजाय आम लोगों के मन में बड़े लोगों के प्रति इज्जत बढ़ जाएगी। वे जान जाएँगे कि बड़े लोगों को पता होता है कि किस आदमी के साथ कैसा सुलूक करना है!

फिर किसी ने बताया कि लेखक को घूमना-फिरना चाहिए। घूमने से अनुभव आता है। यही अनुभव लेखक का कच्चा माल होता है। एक मित्र ने पूछा, "तुम कहाँ-कहाँ घूमे हो ?" मैंने बताया कि तीन महीने से नौकरी ढूँढ़ने के लिए पूरे दिल्ली-एन.सी.आर. में घूम रहा हूँ। बस का मंथली पास बनवा रखा है। जब दिल करता है, बस में बैठकर शहर के किसी भी कोने में दोस्तों से उधार माँगने चला जाता हूँ। यह सुनने के बाद मित्र ने मेरे कंधे पर हाथ रखा और आवाज में दर्द लाकर खुलासा किया कि बाबू, इसे घूमना नहीं, धक्के खाना कहते हैं।

वह झुँझलाकर बोला, "अरे! घूमो-फिरो। लोगों से मिलो। दायरा बढ़ाओ। हर किसी से बात करो। उनकी कहानियों को अपनी कहानी बताकर बेचो।"

मैंने हाथ जोड़कर कहा, "भाई, मगर दायरा बढ़ाऊँ कैसे ? यहाँ तो हाल यह है कि बाथरूम की टोंटी भी खराब हो जाए तो 10 बार फोन करने पर भी सोसाइटी का प्लमर नहीं आता। लाइट चली जाए तो इलेक्ट्रिशियन नहीं फटकता। रिक्शेवाले को हाथ देकर रोकता हूँ तो मेरी शक्ल देखकर वह 'कहाँ जाओगे' पूछने से पहले 'कितने पैसे दे पाओगे' पूछता है।"

अब बताओ, कैसे बढ़ाऊँ दायरा ? कैसे करूँ किसी से संवाद ? हाँ, ले-देकर पूरे मोहल्ले में एक रद्दीवाला ही है, जो जरूर मेरी इज्जत करता है, मुझे बहुत सम्मान देता है। वह भी इसलिए, क्योंकि जिस दिन अखबार में मेरा कॉलम छपता है, लोग उस दिन का अखबार भी उसी दिन रद्दी में बेच देते हैं!

□

वैश्विक सरोकारों का अत्याचार

सुबह 4 से 5 एक घंटा पानी आता है। इतनी सुबह बंदा उठ नहीं सकता। 8 बजे दोबारा पानी आता है तो लाइट गई होती है, इसलिए मोटर नहीं चला सकता। रात की भरी बालटी फ्लश में बहा दे तो नहाए किससे? वह नहा लिया तो बादवाले ब्रश कैसे करेंगे? और पानी स्टोर करने के लिए बाथरूम में ड्रम भी कैसे रखे, वहाँ तो बालटी रखने के बाद बैठने तक की जगह नहीं बचती?

महीने के आखिरी दिनों में रिश्तेदार आ जाएँ तो शगुन डालने की सोच खून सूख जाता है। चार दोस्तों को चाय पिलानी पड़ जाए तो दो बटा चार का ऑर्डर देता है। खाने के बाद पैसे देने की बारी आए तो हाथ धोने बाहर चला जाता है। ट्रेन में 6 साल के बच्चे को 3 का बता, उसकी आधी टिकट लेता है। बॉस के चुटकुले पर हँसना भूल जाए तो सारी रात टेंशन में सोता नहीं।

टी-शर्ट पुरानी हो जाए तो डस्टिंग का कपड़ा बना लेता है, फिर फट जाए तो पोंछा बना लेता है। पोंछा तार-तार हो जाए तो उससे बाथरूम की ढीली टोटियाँ बाँधने लगता है।

अब इस आम आदमी से अगर आप यह पूछ बैठें कि भाई, 2050 तक वैश्विक तापमान बढ़ोतरी को 2 के बजाय 1 डिग्री तक सीमित करने के लिए कार्बन उत्सर्जन कम करने को लेकर संयुक्त राष्ट्र संघ में हुए समझौते से विकासशील देशों को होनेवाले आर्थिक नुकसान और इससे उनके गरीबी उन्मूलन के प्रयासों को लगनेवाले झटके पर तुम क्या सोचते हो, तो हो सकता है कि एक झटके में उसका हाथ उठ जाए!

उस समय वह दफ्तर जा रहा हो तो स्टीलवाला टिफिन आपके सिर पर दे मारे। गली में खड़ा हो तो आपको ईंट दे मारे और ज्यादा ही गुस्सा आ जाए, तो हो सकता है कि उछलकर आपको काट खाए।

इसी तरह बचपन से सड़क किनारे गंदी जगह, गंदे हाथ, गंदी प्लेट और गंदे तेल में तली गंदी चीजें खाते आए आदमी को अगर आप यह समझाएँ कि मैगी मत खाओ, क्योंकि इसमें मोनो सोडियम ग्लूटामेट मिला हुआ है, जिससे तुम्हारा एड्रेनल ग्लैंड खराब हो जाएगा, तो हो सकता है कि वह जिस फोर्क से मैगी खा रहा है, उसे आपके ग्लैंड में घुसाकर आपकी जान ले ले। या MSG का यह खौफ दिखाने के जुर्म में आपको रस्सी से बाँधकर टी.वी. पर राम रहीम की MSG फिल्म दिखा दे।

बचपन से डीजल गाड़ियों के धुएँ से अपनी बंद नाक खोलते आए शख्स को ऑड-ईवन का फॉर्मूला समझाते हुए अगर आप यह बताएँ कि प्रति घन मीटर पार्टिकुलेट मैटर की संख्या खतरनाक स्तर से बेहद ऊपर पहुँच चुकी है, तो वह आपको ऊपर से नीचे गौर से देखने के बाद यही कहेगा, 'पी.के. हो क्या?' हर वह शख्स जो होश में आने को कहता है, हमें पिया हुआ लगता है। रोजी-रोटी को संघर्षरत विकासशील देश के लोगों पर वैश्विक सरोकारों का अत्याचार हो रहा है!

और सियासत समझ ही नहीं पा रही कि आम आदमी की परेशानी क्या है? उस गरीब को चाहिए क्या?

सरकार इस बात से परेशान है कि ग्लोबल वार्मिंग से बचने के लिए ऊर्जा के कौन से वैकल्पिक स्रोत अपनाए जाएँ? और वहीं आम आदमी की तकलीफ यह है कि आजकल सर्दियों में ढंग की मूँगफली नहीं मिलती।

एक्सपर्ट बढ़ती मुद्रास्फीति पर काबू पाने के लिए रेपो रेट में इजाफा करने के आर.बी.आई. के कदम से परेशान हैं और आम आदमी 3 दिन से यह तय नहीं कर पा रहा कि हलकी ठंड में पंखा चलाना है या नहीं? पंखा चलाता है तो ठंड लगती है, नहीं चलाता तो मच्छर काटते हैं।

सर्दी में नहाने बैठता है तो ठंड से बचने के लिए एक साथ सारा गरम पानी अपने ऊपर डाल लेता है। शैंपू लगाने के बाद पानी डालने लगता है तो गीजर में गरम पानी आना बंद हो जाता है, गरम पानी आने लगता है तो टंकी में पानी खत्म हो जाता है और जब तक दोबारा पानी गरम होता है, उसके शरीर पर चिपका साबुन सूखकर पापड़ बन चुका होता है।

यह तो हाल है आम आदमी का। इस सबके बावजूद हर कोई जनता की नब्ज पकड़ने का दावा करता है, मगर जनता क्या सोच रही है, किसी को होश ही नहीं।

हर चुनाव से पहले चैनलों पर यह चर्चा जरूर होती है कि आखिर देश का युवा चाहता क्या है। ऐसी हर चर्चा में भोली सूरत बना युवा कहते हैं कि देखिए, हमें जात-पात की राजनीति से कोई लेना-देना नहीं, हम सिर्फ नौकरी चाहते हैं। काम-धंधा चाहते हैं।

हम चाहते हैं कि देश तरक्की करे बस...और कुछ नहीं चाहिए। और फिर साल के आखिर में रिपोर्ट पढ़ने को मिली कि इस साल गूगल पर युवाओं ने सबसे ज्यादा सनी लियोनी को सर्च किया और पिछले साल भी सबसे ज्यादा सनी लियोनी ही सर्च की गई थी!

सयाने कहते हैं कि रास्ते भले ही अलग-अलग क्यों न हों, मगर हर इनसान ईश्वर की खोज में ही लगा है। ईश्वर की खोज...चुप! हँसो मत! वरना सनी नाराज हो जाएँगी।

□

सपनों का घर और सपनों में घर

मुझे लगता है कि इनसान को नए जन्म में पुरानी बातें सिर्फ इसलिए याद रहनी चाहिए, ताकि उसे पता रहे कि पिछले जन्म में उसने किस बिल्डर से मकान बुक करवाया था।

कुछ लोग आपत्ति करेंगे कि इससे औरतों को पिछले जन्म में मर्दों से मिले अनुभव भी याद रह जाएँगे और वे सारी उम्र दहशत में जिएँगी। इसलिए ऊपरवाले को याददाश्त के मामले में सिर्फ बिल्डरों से जुड़ा सीमित संशोधन करना चाहिए, जिससे इनसान को और कुछ याद रहे-न-रहे, बस इतना पता हो कि 18 महीने के पजेशन के वादे पर उसके पुरखों ने 1,800 साल पहले किस बिल्डर के यहाँ फ्लैट बुक कराया था।

मैं ऐसे बहुत से भारतीय परिवारों को जानता हूँ, जहाँ बच्चे के 4-5 साल का होते ही उसकी छाती पर बिल्डर के नाम और पते का टैटू गुदवा दिया जाता है, ताकि 50-60 साल बाद ग्रहों के दुर्लभ संयोग के चलते पजेशन के हालात बनें, तो बच्चा जाँघ पर गुदा टैटू देखकर अपना फ्लैट नंबर बता पाए।

इतिहासकार बताते हैं कि कुछ भारतीय परिवारों में तो यह परंपरा कुतुबुद्दीन ऐबक के समय से चली आ रही है। यहाँ तक कि एक वर्ग पहेली का सही जवाब देने पर अकबर ने भी 400 साल पहले अपना धारूहेड़ा वाला पूल फेसिंग फ्लैट बीरबल के नाम कर दिया था, जिसके पजेशन के लिए बीरबल की पुश्तें अब भी दिल्ली की कड़कड़डूमा कोर्ट में केस लड़ रही हैं।

इस बारे में बिल्डर से पूछताछ की तो उसने बताया कि सर, यह एक स्पेशल प्रोजेक्ट था। 40 साल पहले तक खुद मेरे दादाजी हाथियों के जरिए

अफगानिस्तान के रास्ते ईरान से माल लाकर इसका काम करवा रहे थे। मगर एक दिन हाथी का पेडीक्योर करते वक्त हाथी के अचानक छोड़े गोबर के नीचे आ जाने से दादाजी दुनिया से रुखसत कर गए।

फिर काम शुरू करवाया तो अफगानिस्तान पर रूस ने हमला कर दिया। 9/11 के बाद वहाँ अमेरिकी आ गए। अमेरिकियों को ईरान तक रास्ता देने के लिए मना भी लिया था। माल लाने के लिए OLA से हाथी बुक कर फरीदाबाद से ईरान के लिए भेज भी दिए थे। मगर हाथी अभी मुरथल के ढाबे पर आलू के पराँठे ही खा रहे थे कि कोरोना आ गया और पराँठों के साथ हाथियों को पैक कर वापस फरीदाबाद लाना पड़ा। पहले हम 'कुछ न करो ना' से परेशान थे, फिर 'कोरोना' से मारे गए।

अब तालिबानी फिर से सत्ता में आ गए हैं। 10 परसेंट कमीशन माँग रहे थे। हमने कमीशन के बदले उन्हें धारूहेड़ा में ही फ्लैट देने का ऑफर दिया था, जिसे सुनकर उन्होंने काबुल से अखरोट फेंककर हमारे एक लड़के की आँख फोड़ दी।

मगर आप घबराएँ नहीं, हम जल्द ही प्रोजेक्ट पूरा कर देंगे। ईरान से पत्थर नहीं आया, तो अपनी अक्ल पर पड़े पत्थर लगाकर उसे बनाएँगे, मगर काम जरूर करेंगे।

कल बीरबल की लड़की के पोते के बेटे के नवासे के दोहिते की बेटी का 85 वर्षीय पोता हमारे यहाँ आया था, तब हमने उन्हें भी यही बताया था कि अंकल, रजिस्टरी के पैसे निकालकर रखो, बस पजेशन मिलने ही वाला है। मगर जब उससे फ्लैट नंबर पूछा, तो जाँघ पर ज्यादा झुर्रियाँ आ जाने की वजह से वह उसे पढ़ नहीं पाया, जिसके बाद हमारे लड़के उसी जाँघ से उठाकर उन्हें घर छोड़ आए।

इसी तरह पजेशन की जंग से जुड़ा एक ताजा मामला ईस्ट इंडिया कंपनी के वक्त का भी है।

एक पुराने परिचित हैं। उन्होंने बताया कि तकरीबन ढाई सौ साल पहले उनके पूर्वजों को एक बिल्डर ने नोएडा एक्सटेंशन में उस समय 'छह महीने

में मेट्रो आ रही है' कहकर मकान बेच दिया, जब भारत में पहली रेलगाड़ी भी नहीं चली थी।

18वीं सदी के आखिर तक जब भी घर पर परदादाजी के पिताजी के अंग्रेज मित्र चाय पर घर आया करते थे, तो वे बड़े गर्व से उन्हें ब्रॉशर दिखाकर बताते थे कि कैसे उन्होंने पार्क फेसिंग, थ्री साइड ओपन बालकनी, 7 स्टार क्लब और वुडन फ्लोरिंग मास्टर बेडरूमवाला तीन कमरों का मकान बुक करवाया है।

उन्होंने बताया कि 19वीं सदी आते-आते ब्रॉशर फटने लगा तो उसे लेमिनेट करवा लिया। ब्रॉशर की हालत और बिगड़ी तो उसके अलग-अलग पन्नों को फोटो फ्रेम करवाकर घर की लॉबी में लगा दिया, ताकि आने-जानेवाले बिना हाथ लगाए उसे देख पाएँ और ब्रॉशर की पुरातात्त्विकता भी बची रहे। इस बीच देश आजाद हो गया और पाकिस्तानवाले घर के साथ ब्रॉशर भी वहीं छूट गया।

यह सब बताते-बताते मित्र भावुक हो रोने लगा। कुछ क्षण की चुप्पी के बाद बोला, "कभी-कभी सोचता हूँ कि मेरे पूर्वजों ने यह सोचकर 'ड्रीम वैली' प्रोजेक्ट में मकान बुक कराया होगा कि हम ऐसी वादी में रहेंगे, जिसका लोग सपना देखते हैं। मगर उन्हें क्या पता था कि इसका नाम 'ड्रीम वैली' रखा ही इसलिए गया है, ताकि हमारी पुश्तें उसमें रहने का सपना ही देखती रह जाएँ।"

□

ऑफिस की नई इंटर्न

ऑफिस में नई इंटर्न आई है और हर कोई उसे काम सिखाने को बेताब हो गया है। जिन लोगों ने 5 साल की नौकरी में आज तक खुद कुछ नहीं सीखा, वे भी नई इंटर्न को कुछ सिखा देना चाहते हैं। दिनभर लाश की तरह एक जगह बैठे रहनेवाला बंदा भी पॉइंट फील्डर की तरह अलर्ट हो गया है। हर कोई इंटर्न के पूछे सवाल को सबसे पहले लपक लेना चाहता है। लड़की इंटर्न होने की वजह से सहमी हुई है और ऑफिस के लोग उसके सुंदर होने की वजह से।

उसके आते ही ऑफिस के सफाई सूचकांक में अचानक भारी इजाफा हो गया है। बाइक साफ करनेवाले कपड़े से ज्यादा गंदे रहनेवाले लोग आजकल हार्पिक से नहाकर आ रहे हैं। पुरानी जुराबों से ज्यादा महकनेवाले आज नाभि में अगरबत्ती घुसेड़कर आए हैं। सिगरेट की स्मैल छिपाने के लिए कुछ लोग इलायची की जगह लाइफबॉय खा गए हैं। कुछ लोग इतना सजकर आ रहे हैं कि उन्हें देखते ही शगुन डालने का दिल करता है। उनकी चमक-दमक के आगे बारात की घोड़ी भी हिंदी फिल्मों की विधवा चाची लगती है।

कुल मिलाकर हर किसी ने खुद को बकरीद के बकरों की तरह नई इंटर्न की मंडी में सजाकर पेश कर दिया है। सिर्फ इस झूठी और धुँधली उम्मीद में कि अगर उन्हें उसका 'गुरु' बनने का मौका मिला, तो क्या पता 'मोहब्बतें' हो जाएँ!

मगर नई इंटर्न का टीचर बनने की अपनी चुनौतियाँ हैं। दरअसल जिन लोगों को काम आता है, उनके पास वक्त नहीं होता और जिनके पास वक्त

होता है, उनका कभी काम से कोई काम नहीं पड़ा होता। ऐसे में इन इंटर्न्स को वही लोग एंटरटेन कर पाते हैं, जो क्राइम मास्टर गोगो के भेजे से भी ज्यादा खाली होते हैं।

ये वे लोग हैं, जो सालों पहले अपनी छवि 'चमन' की बनाने के बाद अपने हाल पर छोड़ दिए गए हैं। इनका कुल इस्तेमाल यह है कि किसी के बर्थडे पर जोमेटो से केक मँगवा लें, कोई बिजी हो तो नीचे जाकर उसका कूरियर ले आएँ और चाय-सुट्टे के लिए बाहर जानेवालों को 'कंपनी' दे सकें। ऐसे में जब कभी किसी ऑफिस में कोई नई इंटर्न आती है तो उसकी बदकिस्मती और इनकी किस्मत से वह इन्हीं 'मुकद्दर के चुकंदरों' के पल्ले पड़ती है।

यह सब देख काम करनेवालों का गीता के उस संदेश से भरोसा उठ जाता है कि कर्म किए जा, फल की चिंता मत कर। वह फल की चिंता किए बिना कर्म किए जा रहे थे और फाइनली जब 'फल' इंटर्नशिप करने आया तो उसे वह ले गया, जो कभी कर्म ही नहीं करता था।

नया इंटर्न अगर लड़का हो तो किसी को उसकी घंटा परवाह नहीं। वह ऑफिस के पंखे से फाँसी भी लगा ले, तो लोग एंबुलेंस से पहले पंखा ठीक करनेवाले को बुलाएँगे। मगर यही इंटर्न अगर लड़की हो और वह भी सुंदर, तो हर कोई ऑफिस में उसका लोकल गार्जियन बन जाना चाहता है। उसकी निजी सैटेलाइट बनकर उसके पल-पल के मूवमेंट पर नजर रखना चाहता है।

गुड़िया कहाँ बैठी है...क्या कर रही है...किससे बात कर रही है...उससे क्यों पूछ रही है, उस गधे को तो खुद कुछ नहीं आता। यह सब सवाल उन्हें इतना परेशान करते हैं कि कुछ लोग तो डेस्क पर ही सिर नीचे करके रो लेते हैं।

यही वजह है कि जब भी कोई नई इंटर्न किसी निकम्मे के पल्ले पड़ उसकी शिष्या हो जाती है तो बाकी लोग डिप्रेशन में चले जाते हैं। उन्हें लगता है कि जो बंदा नई इंटर्न को सिखा रहा है, वही उसके साथ चाय पीने भी जाएगा। दोनों साथ में लंच भी करेंगे। हो सकता है कि किसी दिन 'तुम्हारे घर

की तरफ जा रहा हूँ' का बहाना बनाकर बंदा लड़की को बाइक पर घर छोड़ दे। वह घर छोड़ने गया तो बंदी कर्टसी के नाते उसे चाय पीने के लिए ऊपर न बुला ले और अगर कहीं उस दिन बारिश हो रही हुई तो...

ऊपर बुला लेने का खयाल आते ही वह जान देने के लिए ऑफिस की छत के ऊपर चला जाता है। वह सोचता है कि साला जवानी में इसलिए कुछ नहीं किया कि अच्छे कॉलेज में एडमिशन मिल जाए। कॉलेज में इसलिए टिके रहे कि पहले डिग्री हो जाए। डिग्री के बाद इश्क के रास्ते में मास्टर्स आ गई। और आज जब नौकरी, शेयरिंग ओला-उबर में जाने लायक पैसा और आशिकी पर जॉन एलिया के 15-20 शेर भी याद कर लिये हैं तो इसलिए कुछ नहीं कर पा रहे, क्योंकि हम sincere एम्प्लॉई हैं। हमें तो साला यह sincerity मार गई, वरना हम भी आज Oyo Room बुक कर रहे होते।

मगर इससे पहले कि वह 10 फीट ऊँची दीवार से कूदकर जान देता, उसे याद आता है कि नई कन्या की तो इंटर्नशिप खत्म होनेवाली है। वह जैसे-तैसे हिम्मत जुटा नीचे उतरता है। खुद से वादा करता है कि आज ही नई इंटर्न से बात करूँगा। फिर पता नहीं, ऑफिस में ढंग की बंदी आए या नहीं। आए, तो क्या पता पहले से ही सेट न हो?

इन्हीं बुलंद इरादों और मैक्डॉवल जोश के साथ वह वापस नीचे आता है तो देखता है कि हर कोई नई इंटर्न को बधाई दे रहा है। उसे लगता है कि काम पसंद आने पर शायद बॉस ने उसे नौकरी पर रख लिया है। यह सोचकर वह और भी खुश हो जाता है कि चलो परमानेंट हो गई है तो अब कभी भी प्रपोज कर सकते हैं।

पर अगले ही पल यह सोचकर उसका कलेजा मुँह को आ जाता है कि अगर सब नौकरी की ही बधाई दे रहे हैं तो यह सबको हँस-हँसकर अपनी अँगूठी क्यों दिखा रही है!

□

क्या आपकी लिपस्टिक में कसूरी मेथी है?

एक जमाने में मास्टरजी ने राजू के लिए पूरी क्लास से सिर्फ इसलिए ताली बजवा दी थी कि वह डाबर लाल दंत मंजन यूज करता था। फिर वक्त के साथ मंजन की जगह टूथपेस्ट ने ले ली और हमसे पूछा जाने लगा कि क्या आपके टूथपेस्ट में लौंग है?

फिर पूछा गया कि क्या आपके टूथपेस्ट में नमक है? आजकल टी.वी. एड में एक बहन पूछ रही है कि क्या आपके टूथपेस्ट में नीबू है? मतलब समझ नहीं आ रहा कि ये लोग हमसे ब्रश करवाना चाहते हैं या टूथपेस्ट से शिकंजी बनवाना चाह रहे हैं।

सच तो यह है कि बीवी की तरह बाजार भी आपको कभी चैन से नहीं बैठने देता। वह हमेशा इस बात का अहसास करवाता है कि तुम्हारे पास जो है, उसमें कुछ कमी है।

अगर आप कह दें कि हाँ, मेरे टूथपेस्ट में नमक है तो बंदी फौरन पलटवार कर कहेगी, "अरे सर, अभी तो नवरात्र चल रहे हैं...आप यह बताइए, क्या आपके टूथपेस्ट में सेंधा नमक है?"

सोचिए जरा...कैसा लगे, अगर आप स्टारबक्स में बैठी कॉफी पी रही हों और तभी आसमान का सीना चीरकर एक आदमी अवतरित हो और आपके मुँह में माइक घुसेड़ पूछे, "दीदी, क्या आपकी लिपस्टिक में कसूरी मेथी है?"

मगर बाजार में कुछ भी संभव है। आई.पी.एल. को ही लीजिए।

आई.पी.एल. के इन सालों में सट्टेबाजी रैकेट का भंडाफोड़ याद आता है, नशे में पकड़े गए खिलाड़ी, टैक्स चोरियाँ, देर रात तक चली अय्याशियाँ, सट्टेबाजी में फँसे टीम मालिक, हरभजन सिंह का श्रीसंत को मारा जोरदार तमाचा और शाहरुख का गार्ड से बदतमीजी करना!

मगर आई.पी.एल. से जुड़ा नया थीम सॉन्ग गला फाड़-फाड़कर यह मानने को मजबूर कर रहा है कि यह है इंडिया का त्योहार! अब यह सुनकर सट्टेबाज तो खुश हो सकते हैं कि बाजार ने उन्हें इंडिया मान लिया है, मगर त्योहारों को आपत्ति हो सकती है कि ऐसा कहकर उन्हें बदनाम करने की कोशिश की गई है। पता नहीं क्यों, जब भी टी.वी. पर यह गाना बजता है तो लगता है कि किसी दूसरी दुनिया में वे बुजुर्ग अपनी पीठ पर कोड़े मारते होंगे, जो हमें बता गए थे कि भारत त्योहारों का देश है।

हकीकत तो यह है कि बाजार को न तो आपके टूथपेस्ट के नमक की चिंता है, न ही सट्टेबाजी को त्योहार मानने की। वह तो आपकी हर तकलीफ को निचोड़कर अपने धंधे को राजू के दाँतों से ज्यादा चमकाना चाहता है। और उसका धंधा चमकता रहे, इसलिए वह कभी नहीं चाहता कि आपकी तकलीफ कम हो।

हिंदुस्तान में भी जब से Water Purifier मिडिल क्लास की पहुँच में आया है, तब से पीने के साफ पानी की समस्या सवाल ही नहीं रह गई। चैनलों पर शर्म से पानी-पानी कर देनेवाली चर्चाएँ तो सुनाई पड़ती हैं, मगर पानी पर कोई चर्चा सुनाई नहीं पड़ती।

और ऐसा ही Air Purifier के आम हो जाने पर साफ हवा को लेकर भी होनेवाला है। एक बार Air Purifier का बाजार बन गया तो वह बाजार कभी इस समस्या का समाधान नहीं ढूँढ़ने देगा। फिर चाहे Purifier बनानेवाली कंपनी के मालिकों को अपने गले में टायर जलाकर धुआँ क्यों न फैलाना पड़े?

कारण, जो वर्ग सवाल पूछने की हैसियत रखता है, वह पैसे से समस्या का इलाज खरीदकर साइड हो जाता है। अपर मिडिल क्लास सवाल पूछता

नहीं। लोअर मिडिल क्लास की तो घर पर ही कोई नहीं सुन रहा, वह सरकार से क्या पूछे? सरकारों को अपनी तरफ से जरूरत नहीं लगती, जरूरत लगे भी तो समस्या का बाजार बना देनेवाली कंपनियाँ उसे उसका जवाब ढूँढ़ने नहीं देतीं और कोई कुछ न करने के पैसा भी दे रहा हो, तो इससे बड़ी लॉटरी हुक्मरानों के लिए और क्या हो सकती है!

इससे होता यह है कि समस्याएँ वहीं-की-वहीं खड़ी रहती हैं और गरीब आदमी पहले से मौजूद ढाई हजार समस्याओं में उस एक और समस्या को अपनी नियति मानकर उसके साथ सारा जीवन गुजार देता है और खुद को मूर्ख मानता रहता है। और एक बार जब मूर्खता भी बाजार बन जाए, तो उस बाजार का मालिक कतई नहीं चाहेगा कि उसका विश्वसनीय ग्राहक किसी तरह से बुद्धि के संपर्क में आकर बागी हो जाए।

इसीलिए एक डायरेक्टर फिल्म से पहले टारगेट ऑडियंस से अनुरोध करता है कि वे दिमाग घर रखकर फिल्म देखने जाएँ। धर्मगुरु नहीं चाहता कि उसका छात्र धार्मिक शिक्षा के अलावा किसी तरह की कॉमन सेंस के संपर्क में आने पाए। नेता भी यही चाहते हैं कि उनके वोटर ऑक्सफोर्ड के बजाय सारी डिग्रियाँ व्हाट्सएप विश्वविद्यालय से ही लें।

आप शिकायत करते रहें कि देश के लोगों को अच्छी फिल्मों की समझ नहीं, मगर वहीं एक निर्माता बेसिर-पैर की फिल्म बनाकर ढाई सौ करोड़ कमा जाता है। सोचिए जरा, अगर रातोरात लोगों का एवरेज आई.क्यू. इम्प्रूव हो जाए तो यही फिल्मकार फिल्में बनाना छोड़ शादियों में नागिन डांस के वीडियो बनाने लगेंगे।

हो सकता है कि हरी चटनी के साथ गुलाबजामुन खाने से रुका हुआ धन मिलने की बात पर आपको भरोसा न हो, मगर लाखों भक्त इस पर यकीन कर रहे हैं तो आपको अपने तर्कों से उनकी लॉटरी के रास्ते में आने का कोई हक नहीं।

अगर कंपनियाँ दो फिजूल फीचर लॉन्च करके अपडेटिड मॉडल के नाम पर लाखों को मूर्ख बना उनसे करोड़ों कमा सकती हैं तो बाबाओं को

भी पूरा हक है कि वे अपने भक्तों की मूर्खता को मन-मुताबिक एनकैश करें।

कोई अध्यात्म की आड़ में आस्था के डुप्लिकेट प्रोडक्ट बेचकर अपना धंधा चला रहा है, कोई क्रिकेट की आड़ में सट्टेबाजी का खेल खेलकर, तो कोई गले में टायर जला Air Purifier बेचकर।

जस्टिस काटजू ने जब कहा था कि 90 फीसदी भारतीय मूर्ख हैं तो वे सामाजिक स्टेटमेंट नहीं दे रहे थे, बल्कि व्यापारिक संभावनाएँ बता रहे थे कि जो चाहे अपनी पसंद का ठेला लगाकर माल बेच सकता है। यह बाजार बहुत बड़ा है!

इसलिए किसी घटिया वीडियो पर एक-दो करोड़ व्यूज देखकर सिर पीटने के, किसी फर्जी बाबा के समागम में आई लाखों की भीड़ देखकर कोफ्त खाने के, आप खुद से यह पूछिए कि जिस समाज में इतने मूर्ख हों, अगर मैं वहाँ भी कुछ हजार की भीड़ को पीछे लगाकर कामयाब न हो पाया, तो लानत है।

यह मूर्खता अभिशाप नहीं, अवसर है। अपना बाजार पहचानिए और आज ही स्टार्टअप शुरू कर दीजिए।

□

एक मिडिल क्लास जिंदगी

एक मध्यम वर्गीय नौकरीपेशा आदमी होने के नाते यह सवाल अकसर मेरे जेहन में आता है कि हम कमाते क्यों हैं? क्या हम इसलिए कमाते हैं कि अच्छा खा-पहन सकें, अच्छी जगह घूम सकें और भविष्य के लिए ढेर सारा पैसा बचा सकें या फिर हम इसलिए कमाते हैं कि एक तारीख को मकान-मालिक को किराया दे सकें और पानी, बिजली, मोबाइल, इंटरनेट सहित आधा दर्जन बिल चुका पाएँ, पाँच तारीख को गाड़ी की ई.एम.आई. भर पाएँ और हर तीसरे दिन अपनी जेब खाली करके पेट्रोल भरवा सकें।

मुझे तो यहाँ तक लगता है कि माँ-बाप बच्चों का स्कूल में एडमिशन ही इसलिए कराते हैं कि वे पढ़-लिखकर अच्छी नौकरी और बड़ी तनख्वाह पाकर एक दिन मकान-मालिक को पंद्रह-बीस हजार किराया दे सकें! मतलब तनख्वाह आपकी-हमारी मेहनत का प्रतिफल नहीं, बल्कि मकान-मालिकों और बैंकों की वह अमानत है, जो मिलते ही हमें उन्हें लौटानी है।

इन झटकों के बावजूद आपके सेविंग अकाउंट में अकाउंट के अलावा अगर कुछ बच गया है, तो मार्च आते-आते उसे भी तो टैक्स सेविंग की मजबूरी में उन म्यूचुअल फंडों में इन्वेस्ट करना पड़ता है, जो स्टार लगाकर यह हिदायत देते हैं कि 'Mutual Fund investments are subject to market risks, read all scheme related documents carefully before investing!' ऐसे में या तो बंदा अपना सिऱ पीट ले या फिर नौकरी छोड़ गाँव में हल चलाकर समस्या का हल ढूँढ़े।

पर इस सबके बावजूद मिडिल क्लास आदमी कभी सड़क पर आकर

आंदोलन नहीं करता। किसानों को फसलों की उचित कीमत न मिले तो वे किसान बिल के विरोध में सड़क पर आ जाते हैं। लोगों को सी.ए.ए.-एन.आर.सी. बिल पसंद नहीं आता, तो वो शहर जाम कर देते हैं। लेकिन मिडिल क्लास नौकरीपेशा आदमी कभी अपने बॉस के पास जाकर यह नहीं कह सकता कि सर, मुझे लगता है, मुझे मेरी फसल की उचित कीमत नहीं मिल रही। मैं कल से ऑफिस के बाहर धरना दूँगा। शायद इस डर से भी कि अगर उसने धरने की बात की तो उसके कान के नीचे ही दो न धर दिए जाएँ।

लोगों को आरक्षण नहीं मिलता तो वे पटरियाँ उखाड़ देते हैं, लेकिन मिडिल क्लास आदमी को अपनी शादी की छुट्टी भी माँगनी हो तो ऐसे डर-डर के माँगता है, जैसे छुट्टी नहीं, बॉस से उसकी बीवी का हाथ माँग रहा हो।

एक छुट्टी लेने में उसे इतनी कल्पना लगाकर बहाना सोचना पड़ता है कि उससे आधी Imagination में वह रसोई की कड़ाही में कोरोना का टीका बना लेता।

बड़े-बड़े लोग हजारों करोड़ रुपए खाकर विदेशों में मौज काट रहे हैं, लेकिन मिडिल क्लास आदमी की स्कूटर की एक EMI भी लेट हो जाए, तो बैंकवाले ऐसे जलील करते हैं कि कई दिनों तक शीशा देखने पर उसे खुद में सुल्ताना डाकू दिखाई देता है।

1,300 रुपए की किस्त दो दिन लेट होने पर वे इतना डरा देंगे कि टी.वी. में भी पुलिस की जीप देखकर वह बेड के नीचे छिप जाए। गली में एंबुलेंस का सायरन भी बजता है तो उसे लगता है कि उसका एनकाउंटर करने एंटी-टेररिस्ट स्क्वॉड आ गया।

इस सबके बाद उसे जो सैलरी मिलती है, उसकी बची-खुची जान टैक्स निकाल देता है। बिजनेसमैन को यह सुविधा होती है कि वह खर्चों के बाद बची कमाई पर टैक्स दे सकता है, लेकिन नौकरीपेशा आदमी को सैलरी बाद में मिलती है, सरकार उस पर टैक्स पहले काट लेती है। सरकार इस बात का खास खयाल रखती है कि उसके हाथ इतने पैसे न आ जाएँ कि वह खुद को इनसान मानने लगे।

मगर इतने भर से ही उसके पिछले जन्मों के कुकर्मों का हिसाब पूरा नहीं होता। वह शादी कर बच्चा पैदा करता है तो उसे स्कूल की टेंशन हो जाती है। सयाने समझाते हैं कि स्कूल भेजने से पहले किसी प्ले स्कूल में एडमिशन करा दो। उसे बाकी बच्चों से मिलने-जुलने की आदत तो पड़े। प्रॉपर स्कूल में एडमिशन से पहले यह देख लेना कि उसकी रैंकिंग अच्छी हो। कम-से-कम टॉप थ्री में तो हो। बच्चे को सिर्फ स्कूल टीचर्स के भरोसे नहीं छोड़ा जा सकता, प्राइवेट ट्यूशन भी जरूरी है, वरना वह दिन भर खाली बैठे सिर्फ उत्पात ही मचाएगा।

खाली स्कूल की पढ़ाई से भी कुछ नहीं होता, बच्चों को वर्सटाइल होना चाहिए। हो सके तो गरमियों की छुट्टियों में हॉबी क्लास जॉइन करा दो। उसे स्विमिंग सिखाओ, डांस सिखाओ। सुबह तैरेगा, शाम को डांसेगा, तो टिका रहेगा। वैसे भी बच्चे का कैरेक्टर आठ साल तक बन जाता है।

मिडिल तक तो सब ठीक था, मगर दसवीं में कोई लापरवाही नहीं। दसवीं में अच्छे नंबर नहीं आए, तो तीनों लोकों में कहीं जगह नहीं मिलेगी। सात जन्म तक आत्मा भटकती रहेगी। सिर्फ दसवीं में अच्छे नंबर लाकर आजकल कुछ नहीं होता। दसवीं की मार्कशीट तो बस डेट ऑफ बर्थ चेक करने के काम आती है।

11वीं में काफी सोच-समझकर सब्जेक्ट चुनना। यह मत देखना कि जिस बंदी को तुम लाइन मार रहे थे, वह क्या सब्जेक्ट ले रही है। वह अगर होम साइंस लेगी, तो उसके चक्कर में तुम सिलाई-कढ़ाई थोड़े ही सीखने लगोगे? वह पार्लर का कोर्स करेगी तो क्या तुम भी आइब्रो बनाना सीखने लगोगे?

अब 12वीं में आ गए हो। मुस्तैद हो जाओ। 12वीं में 95 परसेंट नहीं आए तो दिल्ली यूनिवर्सिटी क्या, तुम्हें कोई दिल्ली बॉर्डर में भी नहीं घुसने देगा। सिंपल ग्रैजुएशन को आजकल कोई नहीं पूछता, प्रोफेशनल कोर्स कर लो। नौकरी अभी भूल जाओ, पहले किसी अच्छी जगह से इंटर्नशिप कर लो।

इंटर्नशिप पूरी कर ली है, अब जॉब दे दो। जॉब तो लग गई है, मगर

सीखने को नहीं है। काम तो बढ़िया है, मगर पैसा नहीं है। पैसे तो ठीक हैं, मगर कंपनी तेल निकाल लेती है। बंदे की पर्सनल लाइफ भी होती है या नहीं। जॉब तो मैं आज छोड़ दूँ, मगर इतनी सारी ई.एम.आई. का क्या करूँ? वैसे भी, अगले महीने बच्चे का प्ले स्कूल में एडमिशन करवाना है।

मगर इस सबके बावजूद मिडिल क्लास कभी आंदोलन नहीं करता, क्योंकि वह भी जानता है कि आंदोलन के लिए उसे ऑफिस से छुट्टी नहीं मिलेगी।

□

सदके जावाँ नैतिकता

किसी समाज में युवा कामयाब होने के लिए कितना मोटिवेटिड फील करते हैं, यह इस पर निर्भर करता है कि वहाँ कामयाब लोगों के साथ कैसा सुलूक किया जाता है। आम आदमी इंटरकास्ट मैरिज की भी बात कर दे तो उसे नंगे बदन साइबेरिया छोड़कर आने की धमकी दे दी जाती है। फिल्मी हस्ती दूसरे धर्म में भी शादी कर ले तो उसे सांस्कृतिक और सांप्रदायिक सौहार्द की वैश्विक मिसाल बताया जाता है। आम आदमी जेबरा क्रॉसिंग पर भी गाड़ी चढ़ा दे तो पुलिसवाले गाड़ी की हवा निकाल, उसकी हवा टाइट कर देते हैं।

सेलिब्रिटी भाईजान किसी इनसान पर गाड़ी भी चढ़ा दे तो पूरी व्यवस्था गाड़ी के नीचे आए शख्स को ही सेलिब्रिटी को परेशान करने के जुर्म में मरणोपरांत उम्रकैद की सजा सुनाने पर तुल जाती है।

जब भी समाज ऐसा करता है तो वह अपने तरीके से आम आदमी को बताता है कि कामयाब होते ही इनसान व्यवस्था के गुरुत्वाकर्षण क्षेत्र से बाहर चला जाता है, जहाँ कानून के लंबे हाथ भी उसे छू नहीं पाते। यह देख दूसरों की बाइक से सफाई का कपड़ा चुरानेवाला शख्स भी जीवन में ऊपर उठने की सोचने लगता है। यह जान जीवन भर कटिया डालकर बिजली चुरानेवाले के अंदर भी स्वप्रेरणा की अर्थिंग होने लगती है।

समाज बताता है कि सेलिब्रिटी द्वारा किए अच्छे कामों के एवज में उसकी गलती के लिए उसे बेनिफिट ऑफ डाउट मिलना चाहिए। उसके दान-पुण्य के एवज में उसके किए दो-चार कत्ल इग्नोर होने चाहिए। मतलब

अच्छे कर्म वे गिफ्ट वाउचर हैं, जिन्हें बुरे वक्त में इनसान कभी भी भुना सकता है। अच्छाई के बदले मिले रिवॉर्ड पॉइंट्स को वह पनिशमेंट के वक्त एनकैश करा सजा से मुक्ति पा सकता है।

वक्त आ गया है कि हम लोगों को अच्छाइयों के कमर्शियल एंगल समझाएँ, जैसे निवेश से पहले ग्राहक को रिटर्न की संभावनाएँ बताई जाती हैं। उन्हें बताएँ कि नेकी करने के बाद उसे कुएँ में डालने से पहले कुएँ में एक जाल लगा दें, ताकि मुसीबत के वक्त रस्सी खींचकर उसे कभी भी बाहर लाया जा सके। मतलब आप चाहें तो दारू पीकर किसी को थप्पड़ मार दें और कोई टोके तो कह देना कि मैंने पिछले मंगलवार को ही चिड़िया को दाना डाला था। चिड़िया समझती थी कि दाना खिलाकर आप उसका पेट भर रहे हैं, उसे क्या पता था कि ऐसा कर आप भविष्य के लिए अपनी छवि का बीमा करवा रहे हैं।

नैतिकता का यह गोरखधंधा इतने खुले तौर पर चलता है कि कभी-कभी इसकी मासूमियत आपको सन्न कर देती है। कुछ रोज पहले एक मल्टीब्रांड शोरूम में शॉपिंग के बाद मैं बिलिंग के लिए गया तो काउंटर पर खड़ी लड़की ने पूछा, "सर, क्या आप कैरी बैग लेना चाहेंगे?" मेरे 'हाँ' करते ही उसने उसके भी 10 रुपए बिल में जोड़ दिए। फिर अगले ही पल पूछा, "क्या आप 5 रुपए डोनेट करना चाहेंगे?" यह सुनते ही मेरी हँसी छूट गई।

मैंने कहा, "मैम...आप लोग ये सब कैसे कर लेते हैं? प्लीज बताइए मुझे, कैसे कर लेते हैं ये सब? मतलब जो आदमी 5 हजार की शॉपिंग कर रहा है, उसे तो आप 10 रुपए का कैरी बैग फ्री में नहीं देना चाहते। और खुद उससे उम्मीद कर रही हैं कि वह 5 रुपए डोनेट कर दे। वह भी उस कंपनी को, जो 10 हजार की शॉपिंग के बावजूद उसे कैरी बैग देने की आड़ में लूट रही है!"

धंधेबाजों की यह नैतिकता देख मेरा बहिलारी जाने का मन करता है। दिल करता है कि किसी का बटुआ मारकर इन लोगों पर 500 रुपए वार दूँ। एक तरफ तो वे अपना अंतहीन लालच नहीं छोड़ना चाहते और दूसरी ओर खुद को जिम्मेदार दिखा नैतिकता की रिवॉल्विंग चेयर पर घूमना भी चाहते हैं

और सरकारों से बेहतर धंधेबाजी और नैतिकता का यह समरसॉल्ट कोई और नहीं कर सकता।

पिछले दिनों सरकार ने खुली सिगरेट की बिक्री पर रोक लगाई तो खयाल आया कि यह अब वैसे ही मिलना बंद हो जाएगी, जैसे पॉलिथीन बैन के बाद पॉलिथीन मिलना बंद हो गई है! और इससे पहले सरकार सिगरेट पैक पर बिना मेकअप की फिल्मी हीरोइनों जैसी कुछ तसवीरें और 'सिगरेट हानिकारक है' जैसी चेतावनियाँ लिखवाकर अपनी जिम्मेदारी पूरी कर ही चुकी है।

सरकारों की यह संवेदनशीलता देखकर मेरी आँखों से उनके लिए श्रद्धा के आँसू निकल आते हैं। एक तरफ वे तंबाकू बिक्री से मिलनेवाला मोटा राजस्व भी नहीं छोड़ना चाहतीं और दूसरी तरफ उससे होनेवाले नुकसान के प्रति जनता को आगाह करना भी नहीं भूलतीं।

धंधेबाज की यह ऐसी नैतिकता है, जिससे पूरा समाज सबक ले सकता है। इसी से सीख लेते हुए रोड साइड ढाबेवालों को बिल के साथ मिलावटी मसालों और गंदे तेल का ब्योरा भी कागज पर लिखकर कस्टमर को देना चाहिए, ताकि बाद में बीमार पड़ने पर वह लिस्ट देखकर डॉक्टर को बता सके कि आखिर वह क्या खाकर बीमार पड़ा है! घटिया खाना बनाकर मुनाफा कमाना उसका पेशा है, मगर खाना खाकर लोग मर न जाएँ, यह इनसानियत के नाते उसका फर्ज है।

हो सकता है कि कल को सरकार अदालत में हलफनामा देकर कह दे कि पॉर्न साइट्स को बैन करना तो हमारे लिए संभव नहीं, लेकिन हम घर-घर हनुमान चालीसा जरूर बँटवा सकते हैं, ताकि लोग आत्मनियंत्रण सीख लें! शराब पीकर गाड़ी चलाने से होनेवाले हादसों को रोकने के लिए कल को कोई बीयर बार अपने ग्राहकों की सुरक्षा के लिए 'पिक एंड ड्रॉप' की फैसिलिटी शुरू कर दे। और मजा तब आए, जब इस सामाजिक जिम्मेदारी को वहन करने के लिए एक्साइज डिपार्टमेंट से ट्रांसपोर्टेशन के पेट्रोल पर सब्सिडी की भी माँग कर डाले!

हाल में खबर पढ़ी थी कि जंक फूड के दुष्प्रभाव को देखते हुए अमेरिकी सरकार ने आदेश दिए हैं कि ऐसी हर डिश के आगे उसकी टोटल कैलोरी भी लिखी जाए। सोचने लगा कि शुक्र है, इस कैलोरी को बर्न करने के लिए उसने ऐसे हर रेस्टोरेंट में ट्रेड मिल रखवाने के आदेश नहीं दे दिए!

सोचिए जरा...अगर भारत में ऐसा हो जाए तो...एक के बाद दूसरा भटूरा तभी मिले, जब आप 50 एब क्रंच और ट्रेडमिल पर आधा घंटा दौड़कर पहले भटूरे की सारी कैलोरी खपा चुके हों!

सच...बेईमानी धंधे की जरूरत है और नैतिकता आत्मा का फर्ज। और दोनों के बीच झूलता इनसान ऐसा लगता है, जैसे मासूम कुत्ता अपनी ही पूँछ को मुँह में लेने के लिए गोल-गोल घूम रहा हो!

□

सड़क पर लोकतंत्र

ट्रैफिक सिग्नल पर जिस जगह मैं रुका हूँ, वहाँ मर्सिडीज के बगल में एक मोटरसाइकिलवाला, उसके बगल में साइकिल सवार, बीच में एक बैलगाड़ी, फिर एक हाथ-रिक्शा और आगे नगर निगम का कचरा ढोनेवाला एक ऐसा ट्रक खड़ा है, जिसे देखकर लगता है कि उसका इस्तेमाल दूसरे विश्व युद्ध के वक्त से किया जा रहा है!

अलग-अलग आय वर्गों से जुड़े तमाम लोगों के लिए कुछ मीटर का यह दायरा इस देश में इकलौता मंच है, जिसे हम एक साथ शेयर कर पा रहे हैं! भारत में आम शिकायत है कि कहीं भी लोकतंत्र नहीं है। हर जगह सिफारिशी और ताकतवर लोग भरे हुए हैं। अमीर और गरीब के लिए अलग-अलग कानून हैं। पर इस देश में एक जगह ऐसी है, जहाँ पूरी तरह से लोकतंत्र है और वह है सड़क। यह इस मुल्क की इकलौती जगह है, जहाँ मर्सिडीजवाला और रिक्शेवाला कंधे-से-कंधा मिलाकर खड़े हो सकते हैं।

सड़क का यह मंच लोकतंत्र ही नहीं, पूरी तरह खुला लोकतंत्र है। ऐसा मंच जो किसी भी तरह के लेन के बंधन से मुक्त है। लेन से इस मंच का कोई लेन-देन नहीं। आप यहाँ कहीं भी चाहें, गाड़ी चला सकते हैं। कहीं भी गाड़ी घुसा सकते हैं और 'भाई' हैं तो कहीं भी गाड़ी चढ़ा सकते हैं!

मर्सिडीजवाले हैं तो ऑटो को ठोक दीजिए। ऑटोवाले हैं तो रिक्शे को ठोक दीजिए। रिक्शेवाले हैं तो बाइक को ठोक दीजिए। और बाइकवाले हैं, तो ठोकने के लिए कहने की जरूरत ही नहीं।

इसके अलावा इश्क से लेकर बेरोजगारी तक मन में जितनी फ्रस्ट्रेशन है, वह इसी सड़क पर निकाल लीजिए। फर्ज कीजिए, आप मोटरसाइकिल पर हैं और सोच रहे हैं कि स्साला, इतनी जगह अप्लाई कर दिया, आज तक कहीं से कोई कॉल नहीं आई, यह कंपनीवाले पता नहीं खुद को क्या समझते हैं? जब सिफारिशी टट्टुओं को ही भर्ती करना होता है तो वैकेंसी निकालने का ढोंग करना ही क्यों...तभी आप देखते हैं कि सामने एक लंबी काली गाड़ी चल रही है। अब सोचिए, हो न हो, उन्हीं कंपनियों में से किसी एक का सी.ई.ओ. उस गाड़ी में सवार है। अब उस गाड़ी के आगे से एक गंदा कट मारिए। कार के आगे आ जाइए और उसे साइड मत दीजिए।

वह भले ही कितने हॉर्न मारे, मगर नीचा दिखाने के इस मिशन से आपको पीछे नहीं हटना है। हो सकता है कि इस दौरान यह सोच शर्म भी आए कि ये सब करने के लिए तो भगवान् ने मुझे धरती पर नहीं भेजा, मगर शर्मिंदा नहीं होना है। साहित्य की जबान में इसे भावनात्मक विस्फोट कहते हैं और साइड न देकर आप कविता रच रहे हैं। लिहाजा, छंद यानी हैंडल पर ध्यान दीजिए!

इसके अलावा सड़क यह शिकायत भी दूर करती है कि इस मुल्क में सभी को भ्रष्टाचार करने के समान अवसर नहीं मिलते। सामने रेड लाइट है। चौराहे पर ट्रैफिक पुलिसवाला भी नहीं। आप बिना सोचे-समझे रेड लाइट तोड़ दें। अवसर के मामले में रेड लाइट तोड़ने के भ्रष्टाचार पर जितना हक एक कारवाले का है, उतना ही आपका भी।

पकड़े जाने पर 'चाय पानी' देकर बच निकलने की जितनी छूट एक ऑडी वाले को है, उतनी ही एक बाइकवाले को भी। घूस देकर जान छुड़ाने का विकल्प यहाँ रिक्शेवाले के पास भी है और कारवाले के पास भी। घूस देकर अराजक हो जाने की सुविधा यहाँ हर किसी के पास है। इस मामले में अमीर-गरीब का कोई भेद नहीं।

यह सड़क के लोकतंत्र का ही जादू है कि वह हर देशवासी को सड़क पर खींच लाता है। किसी घटना पर लोग हद से ज्यादा गुस्सा हो जाएँ, तो

लोग सड़क पर आ जाते हैं। क्रिकेट जीत की खुशी ज्यादा हो जाए, तो लोग घरों से बाहर निकल आते हैं। देश का नागरिक विजय जुलूस भी सड़कों पर निकालता है और चोरों को गधे पर बिठाकर उनका जुलूस भी।

कुल मिलाकर हमारी सड़कें हमारे लोकतंत्र की इस हद तक सच्ची नुमाइंदगी करती हैं कि लोकतंत्र चलानेवाले नेताओं ने आम आदमी को सड़क पर ला दिया है। वह भी सिर्फ इसलिए कि वे लोकतंत्र का सही मजा ले पाएँ।

□

मूर्खता के फायदे

बेरोजगारी के शुरुआती दौर में हर नौजवान इस अफवाह का शिकार रहता है कि कंपनियों को प्रतिभाशाली लोग चाहिए। आप दसियों जगह आवेदन करते हैं। कुछ जगह से कॉल भी आ जाती हैं।

दोस्त की उधार की शर्ट पहन आप इंटरव्यू के लिए पहुँचे हैं। बातचीत का सिलसिला निकल पड़ा है। खुद को काबिल साबित करने के लिए आप अक्ल की बात कर रहे हैं। इस विश्वास के साथ कि यही अक्लमंदी मेरी योग्यता का सबसे बड़ा प्रमाण है। आप प्रमाण देते जा रहे हैं और नौकरी पाने के प्रति आश्वस्त होते जा रहे हैं।

आपकी समझदारी भरी बातें सुनकर इंटरव्यू लेनेवाले की खिन्नता उसके आत्मसंशय के अनुपात में बढ़ती जा रही है। आप एक के बाद एक बेहतरीन इंटरव्यू देने में अपने सैकड़ों घंटे लगा देते हैं, मगर घंटा कुछ नहीं होता। 'We will get back to you' बोलनेवाली HR की सुंदर कन्या का नंबर मोबाइल के आसमान पर फिर फ्लैश नहीं होता और WhatsApp पर उसकी डीपी को जूम इन कर देखते हुए आप यही मलाल करते हैं कि कंपनी न सही, ये ही मुझे अपने दिल में जगह दे दे।

हकीकत यह है कि 'समझदारों की जरूरत' इक्कीसवीं सदी का सबसे बड़ा झूठ है। आधुनिक समाज का ढकोसला है। फैशन शो में पहना जानेवाला वह लिबास है, जिसका कोई व्यावहारिक इस्तेमाल नहीं। ऑनलाइन पेमेंट के बदले मिलनेवाले वे 300 कैश पॉइंट्स हैं, जिनसे आप एक बीड़ी का बंडल भी नहीं खरीद सकते।

यही वजह है कि समझदार लोगों के लिए चुनौती बढ़ जाती है। योग्यता की पतली रस्सी पर चलते हुए आपको सलेक्शन के दूसरे छोर तक बिना गिरे जाना होता है। खुद को इतना मूर्ख भी साबित नहीं करना कि नौकरी ही न मिले और इतना समझदार भी नहीं दिखाना कि इंटरव्यू लेनेवाले को लगे कि कहीं यह मेरी ही प्याज न काट दे। और अधिक साफ करूँ तो आप मानकर चलिए कि कंपनियों को विचारहीन, आज्ञाकारी, फुर्तीला, मेहनतकश और मूर्ख आदमी चाहिए।

मगर यह सब सोचकर परेशान न हों। मूर्ख होने के लिए आपको कोई प्रयास नहीं करना है। मन शांत कर गहरी साँस छोड़ेंगे, तो पाएँगे कि वह तो आप पहले से ही हैं। बस हिम्मत कर इस सच्चाई को स्वीकार करना है। अब इसी कड़वी सच्चाई का कफन बाँध अपनी स्वाभाविक मूर्खता के साथ इंटरव्यू दीजिए, पक्का कहीं नौकरी लग जाएगी।

इस तरह अपनी मूर्खता से आप जीवन का सबसे महत्त्वपूर्ण पड़ाव पार कर लेंगे। नौकरी मिलने के बाद मूर्खों को खुद को प्रूव करने में भी ज्यादा वक्त नहीं लगता। शुरू में ही एकाध काम का सत्यानाश करने से आपकी इतनी दहशत हो जाती है कि पूरा ऑफिस आपसे थर-थर काँपने लगता है। दो पेज स्टेपल करने का काम भी आपको यह सोचकर नहीं दिया जाता कि कहीं आप हाथ में ही स्टेपलर की पिन न मार लें। 2 मिनट का काम भी आपको यह सोचकर नहीं बोला जाता कि बाद में उसे ठीक करने में 2 घंटे लग जाएँगे।

इस तरह हर काम में नाकारा पाए जाने के बाद बॉस आपको चुगलखोरी के काम में लगा देता है। दिन में 10 बार चुगली अपडेट के लिए बॉस के केबिन में जाने से पूरा ऑफिस आपसे दहशत खाने लगता है। नतीजा—बॉस के नजदीकी होने के कारण आप सबसे समझदार मान लिये जाते हैं और जो समझदार होने की वजह से दिनभर सिर्फ काम करते थे, वे अब आपके सामने खुद को मूर्ख मानने लगते हैं।

इस तरह मूर्खता के दम पर पहले आप नौकरी पाते हैं। फिर बॉस का चंपू बन उस नौकरी को मजबूत करते हैं और सुंदर कन्याएँ जब आदर्श वर

की तलाश में निकलती हैं तो उनकी पहली प्राथमिकता आप जैसे चमन चंपू टाइप के कतई मूर्ख ही होते हैं।

'यूनिवर्सिटी ऑफ पेंसिल नहीं दिया' की स्टडी के मुताबिक 99.99 फीसदी लड़कियाँ अक्ल से पैदल लड़कों से ही शादी करना चाहती हैं, ताकि लड़का हमेशा इस दबाव में रहे कि वह उसे डिजर्व नहीं करता और उन्हें उसका मानसिक शोषण करने में आसानी रहे।

तभी आप देखिए, शादियों के विज्ञापन में लड़कियाँ टॉल, हैंडसम और अच्छे पैकेजवाले लड़कों की तो डिमांड करती हैं, लेकिन कहीं भी गलती से यह नहीं लिखा होता कि लड़का इंटेलिजेंट भी होना चाहिए। वह तो लोक-लाज ही है, वरना लड़कियाँ शादियों के विज्ञापन में यह भी लिखवा सकती हैं कि लड़का चाहे गलियों से गटर के ढक्कन चुराकर गुजारा करता हो, पेस्ट की जगह ब्रश पर खैनी लगा मंजन करता हो, गरम पानी की जगह दारू से गरारे करता हो, बस उसमें अक्ल नहीं होनी चाहिए!

इसके अलावा सबसे बड़ा झूठ यह फैलाया गया है कि कोई भी मूर्ख आदमी को पसंद नहीं करता। हकीकत तो यह है कि सबसे ज्यादा डिमांड में मूर्ख ही रहते हैं। हर इनसान चाहता है कि उसके दोस्तों में ज्यादा-से-ज्यादा मूर्ख हों। मूर्ख इनसान अपनी जानकारी से कभी आपको आतंकित नहीं करता। अपनी किसी भी अल्ल-बल्ल बात या फालतू दर्शन से आप उसे हैरान कर सकते हैं। उसकी हैरानी से आपका अहं तुष्ट होता है। आपको लगता है कि आप कितने जानकार हैं।

इसके उलट समझदार आदमी के साथ रहने पर उसके न चाहते हुए भी आप हर वक्त इस बात के लिए शर्मिंदा होते रहते हैं कि मैं कितना बड़ा गधा हूँ। अपना गधापन स्वीकार करना मुश्किल काम है, दूसरों को धिक्कारना आसान चीज है। इसलिए सयाने यह कहकर हर जगह से धकिया दिए जाते हैं कि स्साला बहुत ज्ञान झाड़ता है!

□

थर्माकॉल को पनीर समझने की मुश्किल

फैशनेबल भक्त ने एक सरसरी निगाह करोड़ों देवी-देवताओं पर डाली और मन मारकर रह गया। कुछ देवता उसे बड़े मेनस्ट्रीम लगे, जिन्हें मानकर वह भीड़ का हिस्सा नहीं बनना चाहता था और कुछ उसे कन्विंस नहीं कर पाए।

टी.वी.-मोबाइल और फ्रिज-एसी की तरह भगवान् ढूँढ़ने के लिए उसने बाजार का रुख किया और पाया कि पारंपरिक भगवानों से अलग धर्मगुरु टाइप भगवान् लाइव डेमो देते हैं, अपने अनुयायी बनने के फायदे गिनाते हैं। नाचते-गाते हैं और जरूरत पड़ने पर चुटकुले भी सुनाते हैं।

फैशनेबल भक्त को यह सब बहुत पसंद आया। असल भगवान् की तुलना में उसे चावड़ी बाजार के इस भगवान् में ज्यादा स्पार्क दिखाई दिया। एकाध लाइव शो में बाबा की परफॉर्मेंस देखने के बाद उसने पूरी तरह बाबा के प्रति सरेंडर कर दिया।

वह आँख मूँदकर बाबा के पीछे चलने लगा। इस भरोसे के साथ कि बाबा के पास जो जी.पी.एस. नेविगेशन सिस्टम है, उससे एक-न-एक दिन वह स्वर्ग का पता ढूँढ़ ही लेगा।

फिर एक रोज...जैसा बाजार की बाकी चीजों के साथ होता है...पता लगा कि जिसे उसने असली समझकर खरीदा था, उसका वह भगवान् तो चाइनीज निकला।

जीवन का पाठ पढ़ानेवाले गुरुजी ने गुफा में आई कुछ शिष्याओं को एकस्ट्रा क्लास देने की कोशिश की। भक्त जिन गुरुजी को भगवान् समझकर

प्रसाद का भोग लगाते थे, वे गुरुजी तो अपने ही भक्तों को प्रसाद समझकर उनका भोग लगाना चाहते थे।

भक्त को पता चलता है कि जिस गुरु को उसने पनीर समझा था, वह तो थर्माकॉल निकला। और अब हालत यह है कि वह उसे चबाता जा रहा है और मुँह में थर्माकॉल के दाने बिखरते जा रहे हैं। न निगलते बन रहा है, न उगलते। वह उलटी करना चाहता है, मगर जग हँसाई से बचने के लिए उलटे अपने ही भगवान् को चाइनीज कहनेवालों को गालियाँ देने लगता है।

वह जानता है कि हकीकत क्या है, मगर हकीकत को पचा लेना उस थर्माकॉल को पचा लेने से ज्यादा मुश्किल है।

ऐसे ही एक केस में कुछ रोज पहले कथित धर्मगुरु का मजाक उड़ाने पर एक कॉमेडियन को गिरफ्तार कर लिया गया। हैरानी यह थी कि जिस धर्मगुरु का मजाक बनाया गया था, वे खुद कुछ वक्त पहले एक फिल्म में हीरो बनकर अपना मजाक बनवा रहे थे।

मासूम भक्त धर्मगुरु की मिमिक्री पर आहत हो गया, बिना यह सोचे कि धर्मगुरु होना ही भगवान् की मिमिक्री करना है!

सोचता हूँ, कल को कोई कहे कि मेरे खिलाफ साजिश की जा रही है... सब मिले हुए हैं, तो उसे यह कहकर गिरफ्तार किया जा सकता है कि तुम अरविंद केजरीवाल की मिमिक्री कर रहे हो। कोई दस मिनट तक खुद ही अपनी तारीफ करता रहे, हर दूसरे वाक्य में खुद को ही थर्ड पर्सन के तौर पर संबोधित करे तो क्या यह मानें कि वह नरेंद्र मोदी की नकल कर रहा है।

खबर है कि कुछ समय पहले नासमझी भरा बयान देने पर कांग्रेस ने अपने एक नेता को नोटिस भेजा था। नोटिस के जवाब में उसने कहा कि वह आगे से ऐसी कोई बात नहीं करेगा और राहुलजी के नक्शेकदम पर चलेगा। जिसके जवाब में उसे चेताया गया कि यह नोटिस उन्हें राहुल बाबा के नक्शेकदम पर चलने के जुर्म में ही दिया गया है!

भक्त ऐसी ही नाजुक तबीयत के होते हैं। अपने गुरु की मूर्खता में भी पवित्रता ढूँढ़ लेते हैं। जैसे रजनीश ने कहा था कि गुरु उँगली से चाँद की

तरफ इशारा करता है और भक्त गुरु की उँगली में ही अटक जाता है। उसकी दिलचस्पी गुरु की बातों के बजाय गुरु में ही ज्यादा होती है। गुरु के बताए रास्ते पर चलने के बजाय वह गुरु के लिए कुछ करना चाहता है।

श्रद्धा से भरा चेला पूछता है, "बताओ गुरुजी, आपके लिए क्या करूँ... क्या आपके नाम से किसी मल्टीप्लेक्स में प्याऊ खुलवा दूँ या मंगलवार को लंगर लगाकर गरीब लोगों में हक्का नूडल्स और मैंगो मिक्सी बँटवा दूँ?"

चेले को इमोशंस पर कंट्रोल रखने की बात कहकर गुरु उसे कर्म करने की सलाह देता है, मगर चेले की दिलचस्पी कर्म में कम और गुरु में ज्यादा होती है।

गुरु सारी उम्र कर्म का महत्त्व समझाते रहे और उनकी मौत के बाद चेला बाकी चपाटों के साथ मिलकर इस मुहिम में लग जाता है कि कैसे गुरुजी के जन्मदिन पर अवकाश घोषित करवाया जाए।

गुरु भक्तों से उनके दिल में अपने लिए थोड़ी सी जगह माँगते रहे और चेले शहर प्रशासन को धमकी दे रहे होते हैं कि अगर धान मंडी चौराहे पर गुरुजी की मूर्ति नहीं लगाने दी गई, तो लाशें बिछा दी जाएँगी।

गुरु मोह-माया से ऊपर उठने की सीख देते रहे और भक्त ऐलान कर देते हैं कि सरकार ने अगर गुरुजी को भारत रत्न नहीं दिया, तो ईंट-से-ईंट बजा दी जाएगी।

गुरु सारी उम्र भक्तों से अहंकार त्यागने को कहते रहे और उनकी मौत के बाद भक्त अपने गुरु का सबसे बड़ा चेला होने का अहंकार पाल लेता है!

एक भक्त ने दूसरे के महापुरुष के सामने अपना महापुरुष रखकर उन्हें ईगो बैटल में धकेल दिया। स्टोर रूम में रखे दूसरे के महापुरुष को ड्राईक्लीन कर उसे रीलॉन्च कर दिया। पब्लिक रिस्पॉन्स देख अपना लौहपुरुष छोड़ दूसरे से उसका छीन लिया।

मैं सोचता हूँ, भक्तों के लिए महापुरुष हाथी की तरह होते हैं। जिंदा महापुरुष लाख का, मरा सवा लाख का। जीते-जी अपने इस्तेमाल की शर्तें

वह तय कर सकता है, मगर मरने के बाद उसका खुद पर कोई नियंत्रण नहीं रहता। वह भक्तों के खुले बाजार में आ जाता है। जैसे लेखक की मौत के 50 वर्ष बाद उसकी पुस्तकें रॉयल्टी फ्री हो जाती हैं, ठीक वैसा ही महापुरुषों के साथ भी होता है...कोई भी उनका जैसा चाहे, वैसा दोहन कर सकता है। धर्म के नाम पर यहाँ हर घंटाल को गुरु बनने की छूट है।

□

मोटिवेशन के साइड इफेक्ट

पिछले दिनों मैं एक ऐसे मोटिवेशनल स्पीकर से मिला, जो कई महीनों से डिप्रेशन में था। पूछने पर पता चला कि मोटिवेशनल स्पीकर ने कुछ समय पहले 'डिप्रेशन से कैसे बचें' टॉपिक पर एक मोटिवेशनल वीडियो बनाया था। लेकिन जब तीन दिन बाद भी उस पर 250 व्यूज नहीं आए तो मोटिवेशनल स्पीकर खुद डिप्रेशन में चला गया।

इसके बाद मोटिवेशनल स्पीकर को मोटिवेट करने के लिए उसी के कुछ मोटिवेशनल वीडियोज दिखाए, मगर कोई फायदा नहीं हुआ। उलटे हर बार अपने वीडियोज पर कम व्यूज देखकर वह और ज्यादा डिप्रेशन में चला गया।

ऐसे एक नहीं, बहुत किस्से हैं, मगर मोटिवेशनल स्पीकर बाज नहीं आ रहे। अच्छे-भले लोगों को व्यर्थता बोध करवाने में लगे हैं। सुबह 4 बजे बाँग देनेवाले मुरगे को जल्दी न उठने के लिए डाँट लगा रहे हैं। हर किसी को कन्विंस करने में लगे हैं कि जो तुम कर रहे हो, वह तुम्हारा पैशन नहीं है।

एलन मस्क भी 15 मिनट इन्हें सुन ले तो काम-धंधा बेचकर जगरगुंडा के जंगलों में नागा साधु बन जाए। कोहली भी क्रिकेट छोड़कर मेरठ बाईपास की दीवारों पर गुप्त रोग के विज्ञापन पेंट करने लगे। ऋतिक फिल्मों में सुपरहीरो बनना छोड़कर मोहल्ले की रामलीलाओं में जामवंत का रोल करने लगे।

पैशन माफिया की इन्हीं बातों में आकर मेरे एक दोस्त ने छह महीने

पहले अपनी जॉब छोड़ दी थी और अब काफी परेशान है। मैंने वजह पूछी तो उसने बताया, "भाई, मोटिवेशनल स्पीकर्स की तरफ से काफी वक्त से नौकरी छोड़कर पैशन फॉलो करने का भारी दबाव था। इसी दबाव में आकर मैंने रिजाइन कर दिया था, मगर नौकरी छोड़ने के एक हफ्ते बाद मुझे रियलाइज हुआ कि मेरा तो कोई पैशन ही नहीं है!"

दोस्त ने आगे बताया, "नौकरी छोड़ने के बाद मेरा मन करता था कि रोज दस बजे तक सोऊँ, धूप में चटाई बिछाकर मूँगफली खाऊँ, दिनभर फेसबुक पर दुनिया को कोसूँ और जैसे ही कोई कुछ करने को कहे, तो ऐसे मोटिवेशनल वीडियो लगा लूँ, जो कहें कि दुनिया की नहीं, सिर्फ मन की सुनो।"

कुछ दिनों में सेविंग खत्म हो गई तो पैशन का भूत भी सिर से उतरकर अपने गाँव लौट गया। दो रोज पहले पता चला कि उसने उसी कंपनी में पहले से पचास परसेंट सैलरी पर फिर से वही नौकरी जॉइन कर ली है, जिसे पैशन के लिए वह लात मारकर आया था।

मित्र की इस मोटिवेशनल स्टोरी से उबरने के लिए मुझे खुद को काफी मोटिवेट करना पड़ा। अभी मैं मुख्यधारा में लौटने की कोशिश कर ही रहा था कि आत्मा को झकझोर देनेवाला एक और किस्सा मेरे सामने आया।

यह कहानी एक रेडियो जॉकी की है। जो एफ.एम. पर लव एक्सपर्ट बनकर लोगों को लव एडवाइज दिया करता था। एक दिन एक कॉलर ने उससे पूछा, "सर, मैं एक लड़की से बहुत प्यार करता हूँ, वह भी मुझसे बहुत प्यार करती है। मगर हम शादी नहीं कर पा रहे?"

लव एक्सपर्ट ने पूछा, "क्या दिक्कत है, लड़की के पिताजी नहीं मान रहे?"

कॉलर ने कहा, "नहीं सर, उसका पति। बस इसी को लेकर थोड़ा हिचकिचा रहा हूँ। क्या यह नैतिक रूप से सही है? मेरी आत्मा इस रिश्ते के लिए गवाही नहीं दे रही। सोचता हूँ कि लड़की को भूल ही जाऊँ।"

भूलने की बात सुनते ही लव एक्सपर्ट भड़क गया। लड़के को लानत देने लगा। कहने लगा, "कैसे बुजदिल आशिक हो तुम, प्यार भी करते हो और डरते भी हो।"

घबराए लड़के ने आत्म बचाव में कहा, "मगर सर, वो शादीशुदा है।"

लव एक्सपर्ट ने पलटवार करते हुए कहा, "यह शादीशुदा-शादीशुदा क्या लगा रखा है...मेरे भाई, प्यार अंधा होता है, अगर वह बर्थ सर्टिफिकेट नहीं देखता, तो मैरिज सर्टिफिकेट क्या खाक देखेगा? प्यार में जब उम्र की सीमा नहीं, तो शादी का बंधन क्या मानना!"

सर्टिफिकेटवाली मजबूत दलील के बाद भी लड़का हिचकिचा रहा था। लड़के को न मानता देख लव एक्सपर्ट ने आपा खो दिया। बोला, "अगर तुम सच में उसे प्यार करते हो तो आज इसी वक्त उसे लेकर घर से भाग जाओ, वरना खुद को सच्चा आशिक कहना बंद करो।"

दो-चार मिनट के तर्क-वितर्क के बाद लड़के ने सरेंडर कर दिया। उसने वादा किया कि वह अभी फोन रखते ही उस महिला को भगाकर ले जाएगा।

कार्यक्रम समाप्त करने के बाद रेडियो जॉकी खुशी-खुशी घर चला गया। उसे इस बात की बड़ी तसल्ली थी कि उसने दो सच्चे चाहनेवालों को आपस में मिला दिया। थोड़ी देर में वह घर पहुँच गया। घर के बाहर पहुँचा तो देखा, सारी लाइटें बंद थीं और मेन गेट खुला हुआ था।

इतनी रात को दरवाजे खुले देख वो घबरा गया। वो बदहवास-सा अंदर दौड़ा। वो पत्नी का नाम लेकर उसे जोर-जोर से पुकारने लगा। वो एक कमरे से दूसरे कमरे में उसे ढूँढ़ रहा था। बीवी को कॉल करने के लिए उसने जैसे ही जेब से फोन निकाला, तो उस पर एक कॉल आ गई।

दूसरी तरफ वही कॉलर था। एक्साइटमेंट से भरी आवाज में कहा, "सर, मैंने कर दिया। सर, मैंने कर दिखाया। मैं अपनी गर्लफ्रेंड को घर से लेकर भाग गया हूँ। वह भी बहुत खुश है। आपको थैंक्स कहना चाहती है। लीजिए, उससे बात कीजिए।"

इससे पहले कि लव एक्सपर्ट कुछ कहता, दूसरी तरफ से आवाज आई "...खाना फ्रिज में रखा है। सुबह के लिए दही जमा दिया है। बिजली का बिल टेबल पर है। भर देना, कल आखिरी तारीख है। अपनी शायरी की पुस्तकें ढूँढ़ने की कोशिश मत करना, उन्हें मैंने चूल्हे में डालकर आग लगा दी है। और हाँ, आज तुम फिर नहाने के बाद अपना गीला अंडरवियर बाथरूम में छोड़ गए थे, उसे भी सुखा देना...अभी रखती हूँ...हमारी बस आ गई है।"

□

Yes, बारगेनिंग प्लीज

मैं इसी वक्त किसी भी बिल्डर का फ्लैट, जुएँ ढूँढ़नेवाला नाइट विजन चश्मा, मेरे साइज के प्रिंटेड डाइपर या कोई भी ऊलजलूल चीज खरीदने को तैयार हूँ, बशर्ते बेचनेवाली कंपनी कम रेट का हवाला देते हुए मोबाइल पर भेजे मैसेजों में 'सिर्फ आपके लिए' लिखना बंद कर दे।

ऐसी आत्मीयता से मुझे घिन आती है। दिल करता है कि सामनेवाले को पोंछे के पानी की शिकंजी पिलाकर उसकी जान ले लूँ।

मुझसे मत कहो कि वैसे तो चीज 700 की है, मगर 'सिर्फ आपको' 300 की दे रहे हैं।

क्यों भाई...मुझ पर इतनी मेहरबानी क्यों...क्या मैं तुम्हारी घटिया फेसबुक प्रोफाइल पिक पर 'छा गए गुरु' लिखकर जाता हूँ? क्या पेप्सी की दो लीटर की खाली बोतल में अपने गाँव से तुम्हारे लिए छाछ लेकर आता हूँ? या फिर किसी रात रास्ता भटकी तुम्हारी बकरी को मैंने गुंडों के चंगुल से छुड़ाकर तुम्हारे हवाले कर दिया था?

बताओ मित्र, बताओ...लोकल पटरी मार्केट में चाय के हलके दा वाली स्वेटशर्ट से लेकर ग्रेटर नोएडा में विला बेचने तक तुम 'सिर्फ मेरे लिए' स्पेशल डिस्काउंट कैसे जुगाड़ कर लाते हो? जबकि खुद मेरी शक्ल देखकर गोलगप्पेवाला मुझे एक फ्री सूखा गोलगप्पा तक नहीं खिलाता।

यह जानते हुए कि मेरी जेब में धेला नहीं है, 13 रुपए 53 पैसे की चीज खरीदने पर मैं दुकानदार से बाकी के 47 पैसे भी माँग लेता हूँ, खाने के बाद पैसे देने की बारी आने पर हाथ धोने चला जाता हूँ, नजर बचाकर ढाबे से

सिरकेवाले प्याज चुरा लाता हूँ और एक तुम हो कि मेल कर-करके पूछते हो कि सर, लोन चाहिए तो बताएँ...अभी बोरी में पैसे भरकर लड़के के हाथ रिक्शे पर भिजवा देते हैं।

बस करो भाई, बस करो। तुम्हारे इस फर्जी अपनापे से मुझे कोफ्त होने लगी है। मैं एक भारतीय ग्राहक हूँ। मेरा मनोविज्ञान समझो। अगर तुम 'सिर्फ आपके लिए' बोलकर मुझे डिस्काउंट दोगे तो लगेगा कि मुझे ठगा जा रहा है और 'फिक्स्ड प्राइज' का बोर्ड लगाकर बिल्कुल डिस्काउंट नहीं दोगे तो भी लगेगा कि मेरे साथ जुल्म हो रहा है। इसलिए मुझे न 'सिर्फ आपके लिए' की आत्मीयता दिखाकर चीज बेचो, न 'फिक्स प्राइज' का एटीट्यूड दिखाकर।

बिना बहस चीज खरीद लेने पर भारतीय ग्राहक को गिल्ट होने लगता है। उसके अंदर यह भाव गहरे घर चुका है कि बिना लड़े-झगड़े, उसे उसका हक मिल ही नहीं सकता।

बारगेनिंग करके रेट कम करवाने से भी ज्यादा उसकी दिलचस्पी अपने मानवीय गुणों को चेक करने में होती है। रेट सुनते ही सी.आई.डी. के ए.सी.पी. प्रद्युमन की तरह दाईं आँख की आइब्रो को ऊपर चढ़ा दुकानदार पर शक करते हुए अपने अंदर के जासूस को परखना होता है। मूर्ख होने के बावजूद दुकानदार के हाथों मूर्ख न बनने की ठान अपनी इच्छाशक्ति जाँचनी होती है।

पिछली दुकान पर झूठ-मूठ कम रेट का हवाला दे, अपनी झूठ बोलने की क्षमता चेक करनी होती है। 'हमेशा आपसे ही लेते हैं' की दुहाई दे अपनी भावनात्मक अपील का असर देखना होता है और आखिर में 'न आपकी, न मेरी' बोल अपने अंदर के मध्यस्थ को सिविल सेवा की अंतिम परीक्षा भी दिलवानी होती है।

आधे घंटे के इस रोने-स्यापे के बाद फाइनली जब चीज भारतीय ग्राहक के हाथ में आती है तो लगता है कि उसने यह चीज खरीदी नहीं, हासिल की है। उसके अंदर यह भाव आता है कि उसने इस जालिम जमाने द्वारा खड़ी की तमाम बाधाएँ लाँघते हुए नीले रंग की वह जींस खरीद ली, जिससे मिलती-जुलती अलमारी में पहले से छह जींसें सड़ रही हैं।

जानकारों का तो यहाँ तक मानना है कि भारतीयों की, खासकर भारतीय महिलाओं की मोलभाव करने की इसी क्षमता का फायदा उठाते हुए लाखों करोड़ के रक्षा सौदों में उनकी मदद लेनी चाहिए।

सोचता हूँ...कैसा मंजर होगा...अंतरराष्ट्रीय डिफेंस एक्सपो लगा है... भारतीय महिला फ्रांसीसी काउंटर पर...भइया दो राफेल फाइटर जेट्स कितने के लगाए...भैणजी, पचास हजार डॉलर का एक...रहने दो भइया, पीछे जापानवाले 30 हजार में दे रहे हैं...हम इतनी दूर से रिक्शा करके आए हैं, उसके भी तो 50 रुपए छोड़ो!

□

यहाँ पेशाब करना ~~मना~~ है

हिंदुस्तान इकलौती जगह है, जहाँ सरकार को पटरी पर लाने के लिए लोग पटरियाँ उखाड़ देते हैं। किसी को पेट हलका करना हो तो पटरी पर आ जाता है। मन भारी हो तो वह पटरी पर आ जाता है। कोई बात मनवानी हो तो पटरियाँ उखाड़ देता है।

पिछले सालों में इतनी सरकारी नौकरियाँ तो लोगों को किसी कोचिंग इंस्टीट्यूट ने नहीं दिलाईं, जितनी पटरियों ने दिलाई हैं। यही हाल रहा तो आनेवाले सालों में माँ-बाप बच्चों को ट्यूशन सेंटर न भेजकर जिम भेजने लगेंगे, ताकि एक दिन वे पटरियाँ उखाड़कर सरकारी अफसर बन सकें। पटरियाँ उखाड़कर बात मनवाने का सफलता प्रतिशत इतना ज्यादा है कि एक दिन उर्फी जावेद के फैन भी पटरियाँ उखाड़कर उन्हें भारत रत्न दिलवा सकते हैं।

मेरी रेलमंत्री से गुजारिश है कि भले कोई नई रेल न चलाएँ, मगर ऐसे आंदोलनकारियों के लिए कुछ नई पटरियाँ जरूर बिछा दें। आंदोलनकारियों के लिए एक्सक्लूसिव पटरियाँ। जितने दर्द, उतनी पटरियाँ। प्यार मे धोखा खाए आशिकों के लिए पटरियाँ, लौकी की सब्जी खा-खाकर परेशान पतियों के लिए पटरियाँ, फैमिली ग्रुपों में बर्थडे विश कर-करके परेशान हुए लोगों के लिए पटरियाँ, कामवाली की छुट्टियों से त्रस्त महिलाओं के लिए पटरियाँ।

सच तो यह है कि जिन्हें यह लगता है कि आरक्षण न मिलने के लिए पटरियाँ जिम्मेदार हैं, उन्हें तो वैसे ही 'मानसिक पिछड़ेपन' के आधार पर आरक्षण दे देना चाहिए।

"भैया, आप पटरियाँ क्यों उखाड़ रहे हैं?"

"मुझे पिछड़ेपन के आधार पर आरक्षण चाहिए।"

"मगर इतनी अक्ल तो होनी चाहिए कि पटरियों ने थोड़े ही आरक्षण देना है।"

"भैया, इतनी अक्ल नहीं है, तभी तो पिछड़ा हूँ!"

ऐसा नहीं है कि देशवासियों ने अपनी प्रतिभा प्रदर्शन को सिर्फ पटरियाँ उखाड़ने तक ही सीमित रखा हुआ है। सड़कों से लेकर दीवारों तक; अपने सिविक सेंस का नंगा नाच हम हर जगह दिखाते हैं।

हम दुनिया के इकलौते देश होंगे, जहाँ लोगों के पैरों में गिरकर हर दूसरी दीवार यह विनती करती है कि 'कृपया यहाँ पेशाब न करें!'

अमेरिकी या किसी पश्चिम देश में गलती से कोई दीवार पर लिख दे कि 'Don't Urinate Here!' तो आसपास के लोग इसे अपनी बेइज्जती समझकर लड़ने चले जाएँ कि हमें क्या इतना गधा समझ रखा है, जो हम दीवार पर पेशाब करेंगे।

और एक हम हैं...जो ऐसी हर अपील को चुनौती मानते हुए उस दीवार पर तब तक मूतते हैं, जब तक कि 'कृपया यहाँ पेशाब न करें' का 'न' न मिटा दें।

दिल्ली मेट्रो में होनेवाली अनाउंसमेंट्स सुनकर खुद के इनसान होने पर शक होने लगता है। इन घोषणाओं को सुनकर दिल करता है कि संपूर्ण मर्द जात की तरफ से अपनी नंगी पीठ पर कोड़े मारूँ। मेट्रो के 8 में 7 डिब्बों में पुरुष यात्री भी सफर कर सकते हैं, सिर्फ एक डिब्बा महिलाओं के लिए है। फिर भी हर प्लेटफॉर्म पर पुरुष यात्रियों से यह अपील करनी पड़ती है कि पुरुष यात्री महिला डिब्बों में न चढ़ें! प्रशासन को डर लगा रहता है कि कमजोर दिल और ढीले नाड़े का पुरुष भावनाओं के हाथों मजबूर हो, किसी भावना के पीछे लेडीज डिब्बे में न चढ़ जाए।

मेट्रो के हर डिब्बे में बैठने के लिए 50 सीटें हैं। ढाई सौ लोग खड़े हो सकते हैं। फिर भी मेट्रो में बार-बार घोषणा करनी पड़ती है कि मेट्रो के फर्श

पर न बैठें। हर नया स्टेशन आने से पहले यात्रियों से गुजारिश की जाती है कि दरवाजों से सटकर न खड़े हों। वह भी तब, जब सटकर खड़े होने के लिए अंदर पहले से इतने विकल्प मौजूद हैं।

और तो और, मुझे तो बेचारे उस डस्टबिन की बेचारगी पर भी तरस आता है, जो हर जगह हाथ जोड़कर गुजारिश कर रहा होता है कि 'कृपया मेरा इस्तेमाल करें'। मगर हम तो ऐसे माई के लाल हैं कि दुनिया में कहीं भी गंद फेंक देंगे, सिवाय उस डस्टबिन के, जो इसी के लिए बना है।

पिछले दिनों खुद हमारे शहर के मुख्य चौराहे पर तीन महीने बाद जब गंदगी हटाई जा रही थी तो लोग यही सोच रहे थे कि यहाँ जो डस्टबिन पड़ा था, वह कहाँ गया? लोग इस बारे में बात कर ही रहे थे कि तभी कूड़े के ढेर के नीचे से वही डस्टबिन निकल आया। उसे साफ करने पर पता चला कि डस्टबिन का ढक्कन ऊपर से बंद था और उसके अंदर आज तक एक बार भी कूड़ा नहीं फेंका गया था!

यही सब बातें तो हैं, जो इस देश को अनोखा बनाती हैं...एक तरफ देश की दीवारें हैं, जो मिथुन की बहन की तरह ठाकुर साहब के कदमों में गिरकर रहम की भीख माँग रही हैं और दूसरी तरफ नए इंटर्न-सा कर्तव्यपरायण डस्टबिन, जो विनती कह रहा है कि सर, हमसे भी कुछ काम करवा लो... प्लीज यूज मी!

□

चरित्रहीनता का जश्न

रामखेलावन को यह बात बहुत बुरी लगती थी कि गली के लोग दिनभर घरों के बाहर बैठकर कलंक कथाएँ सुनाया करते थे। किस लड़की का किसके साथ चक्कर चल रहा है? कौन किसके साथ भाग गई? किसके मर्द ने दूसरी औरत रख ली, इत्यादि-इत्यादि।

यह सब सुन उसे बहुत बुरा लगता था। उसके सरोकार बड़े थे। वह कुछ अलग करना चाहता था। इसी चाह में वह दिल्ली आया। पत्रकारिता का कोर्स किया। छिटपुट नौकरियों में शोषण करवाने के बाद किसी चैनल के संपादक से 'क्षेत्रीय लिंक' निकाल वह नौकरी पा गया।

वह उत्साहित था। सपने पूरे होनेवाले थे। नौकरी का पहला दिन था। शिफ्ट इनचार्ज ने पास बुलाया और इंद्राणी मुखर्जी के पाँच पतियों पर लिखने के लिए एक पैकेज दे दिया। उसका एक और साथी इस राष्ट्रीय पहेली को सुलझाने में लगा था कि क्या पीटर मुखर्जी को वाकई यह नहीं पता था कि शीना, इंद्राणी की बहन नहीं, बेटी थी। तभी किसी ने रहस्योद्घाटन किया कि शीना अपनी माँ को डायन कहती थी।

बहन-बेटी, अफेयर, पाँच-पाँच पति और डायन—यह सब सुनकर रामखेलावन को लगा कि वह किसी चैनल के न्यूज रूम में नहीं, बल्कि अररिया में अपने गाँव के चौराहे पर चुगलखोर लोगों के बीच खड़ा है। उसे लगा कि तरक्की के शायद यही मायने हैं। चुगलखोरी का काम उसके गाँव में लोग मुफ्त में टाइमपास करने के लिए किया करते थे, वही काम शहर में पढ़े-लिखे पत्रकार पैसा लेकर करते हैं।

तभी किसी ने बताया कि जिस महिला एंकर का कल इंद्राणी की आलोचना करते-करते गला बैठ गया था, उसका बॉस के साथ अफेयर है, इसीलिए प्राइम टाइम के सारे डिस्कशन वही करती है। यह भी कि जो डेस्क इनचार्ज इंद्राणी मामले की जाँच से जुड़े सारे पैकेज लिखवा रहा है, खुद उसके खिलाफ एक इंटर्न को गंदे मैसेज भेजने पर जाँच चल रही है।

यह सुनते ही चाय का कप हाथ से फिसलकर रामखेलावन की पैंट पर गिर गया। वही पैंट, जो उसे अभी तीन दिन और पहननी थी। सुना है, अगले ही दिन रामखेलावन कुछ इमरजेंसी बताकर छुट्टी पर घर चला गया। नौकरी छोड़कर नहीं, उन चुगलखोर महिला-पुरुषों से माफी माँगने, जिन्हें सालों तक वह भला-बुरा कहता रहा था।

आप चाहें तो ऐसी कवरेज के लिए चैनल की मौज ले सकते हैं या इंद्राणी मुखर्जी के चरित्र का पोस्टमार्टम कर उस पर चुटकुले बना सकते हैं, मगर हकीकत यह है कि दुनिया के हर समाज को चरित्रहीनता का जश्न मनाने में मजा बड़ा आता है।

कुछ साल पहले टाइगर वुड्स के अवैध संबंध सामने आने पर भी ऐसा ही हंगामा हुआ था। पूरी दुनिया टाइगर वुड्स की प्रेमिकाओं और तलाक के बाद उसकी बीवी को मिलनेवाली रकम गिनने में लग गई। बताया गया कि कैसे योजनाबद्ध तरीके से वुड्स ने इतने सालों तक पत्नी और परिवार को धोखा दिया।

मगर वह हंगामा भी मेरी समझ से परे था। भारत जैसे देश में ऐसी हाय-तौबा मचती तो समझा जा सकता था, मगर अमेरिका, जो सालों से 'अवैध संबंधों की अंतरराष्ट्रीय राजधानी' रहा है, वहाँ ऐसी चीख-पुकार समझ से परे थी।

ऐसा मुल्क, जहाँ फोटो एलबम दिखाते समय माँएँ बच्चों को बताती हैं कि बेटा, वह पीले रंग की शर्ट में जो मेरे साथ खड़ा है, वह तुम्हारा पहला डैडी है और उसके साथ जो शख्स हरे रंग की शर्ट में बैठा है, वह तुम्हारे पहले डैडी का दूसरा डैडी है और उसके साथ जो लेडी बैठी है, वह उनकी तीसरी वाइफ

है और उनकी गोद में जो बच्चा है, वह तुम्हारे पहले डैडी का दूसरा भाई है। समझे! अब ऐसे मुल्क में टाइगर वुड्स को ऐसे देखा गया, मानो बीच सड़क पर आवारा कुत्ते की जगह असली टाइगर देख लिया हो।

अपनी यह दुविधा जब मैंने स्थानीय स्तर के कलंक कथाओं के जानकार को बताई तो उन्होंने इस हो-हल्ले के पीछे का पूरा मनोविज्ञान समझाया। उनका कहना था कि दरअसल किसी भी समाज में सफल आदमी का चरित्रहीन होना लोगों को हजम नहीं होता। आम मान्यता है कि चरित्र बचाकर ही सफल हुआ जा सकता है। 'नेक चरित्र' वह कीमत है, जो हर सफल इनसान को चुकानी पड़ती है। इसलिए आम आदमी यह सोचकर ही तसल्ली कर लेता है कि चलो, सफल नहीं हुए तो क्या...चरित्रहीन तो हो ही सकते हैं।

मगर सेलिब्रिटी को यह छूट नहीं रहती। वह मिसाल बन चुका होता है। उसे आम समाज की चारित्रिक महत्त्वाकांक्षाओं का बीड़ा उठाना होता है। समाज भी उस पर बराबर नजर रखता है कि कहीं वह बिगड़ने न पाए। ऐसे में जब कभी टाइगर वुड्स जैसा कोई नौनिहाल सामने आता है तो लोग बौखला जाते हैं। ऐसे में कुछ को अपना आदर्श टूटने की तकलीफ होती है, तो कुछ को इस बात की तसल्ली कि देखो, यह भी हमारी तरह गिरा हुआ है।

यही वजह है कि समूचे अमेरिका ने टाइगर वुड्स के चारित्रिक पतन का जश्न मनाया। अखबारों में उनकी प्रेमिकाओं की सूची यूँ छापी जा रही है, जैसे वे देश के लिए कुरबान हुई वीरांगनाएँ हों या तमाम अभावों के बावजूद यू.पी. एस.सी. परीक्षा पास करनेवाली गरीब आदिवासी बच्चियाँ।

और यह सब देख हमें इस बात की तसल्ली हुई कि जो शख्स जिस अनुपात में हमसे ज्यादा सफल था, वह उसी अनुपात में चरित्रहीन भी निकला। अट्ठारह प्रेमिकाएँ! शर्म आनी चाहिए! इतनी लड़कियों से तो मैंने जिंदगी भर बात तक नहीं की।

□

आलसियों पर रहम खाओ

15 अगस्त को प्रधानमंत्री ने देशवासियों से अपील की कि वे गंदगी न फैलाएँ। मुझे कतई उम्मीद नहीं थी कि आजादी के दिन प्रधानमंत्री ऐसी विरोधाभासी बात करेंगे। क्या उन्हें नहीं पता कि एक भारतीय के लिए आजादी का मतलब ही गंदगी फैलाने की छूट है। औसत भारतीय यह मानकर चलता है कि उसके पुरखे सालों तक अंग्रेजों से इसलिए लड़ते रहे, ताकि आनेवाली पीढ़ियाँ अपनी मर्जी से दीवार पर पान की पीक फेंक फाइन आर्ट पेंटिंग बना पाएँ। लाखों रणबाँकुरों ने इसलिए लाठियाँ खाईं, ताकि उनकी औलादें रोडवेज की बस में मूँगफली के छिलके फेंक पाएँ। और अगर यह सब ही नहीं करना, तो ऐसी आजादी का भला मतलब ही क्या है ?

आपको समझना होगा कि गंदगी फैलाना भारतीयों के लिए अराजकता नहीं, बल्कि खुद को एक्सप्रेस करने का माध्यम है। हम ऐसे देश में रहते हैं, जहाँ कॅरियर से लेकर शादी तक के फैसले आपकी अपनी मर्जी से न होकर मोहल्ले की आंटियों की सलाह पर लिये जाते हैं। आपको अंडरवियर भी डॉलर का पहनना है या रूपा का, इस बात का फैसला भी आपकी पड़ोसन रूपा की माँ करती है।

ऐसे माहौल में इनसान हर वक्त घुटा-घुटा महसूस करता है। स्कूल के दिनों में सू-सू आने पर हाथ आगे करके May I go to toilet बोलनेवाला शख्स खुद से यही पूछता है कि वह अपनी मर्जी से कुछ कर भी सकता है या नहीं ? ऐसे में जब पहली बार वह मुँह में पान की पीक भर सड़क पर फेंकता

है, तो यह पानी की पीक न होकर उसकी जिंदगी भर की फ्रस्ट्रेशन होती है। जिस सड़क पर वह थूकता है, वह भी सड़क न होकर संपूर्ण व्यवस्था होती है, जिससे नाराज होकर वह उस पर थूक रहा होता है।

तमाम तनावों से भन्नाया शख्स कुछ खाकर उसका कचरा सड़क पर फेंकता है, तो उसके अंदर यह भाव होता है कि...बिगाड़ लो मेरा, जो बिगाड़ना है और वह देखता है कि उसका कोई कुछ नहीं बिगाड़ पाया। इस तरह सालों की कुंठाओं को अपने अंदर समेटा इनसान यहाँ-वहाँ गंदगी फैलाकर इस जालिम जमाने में आजाद महसूस करता है।

और इतने सालों बाद जब भारतीय आजादी का सही मतलब जान पाए हैं तो प्रधानमंत्री हमें अनुशासन सिखाकर फिर से गुलाम बनाना चाहते हैं। इसमें भी लड़कों से साफ-सुथरा रहने की अपील करना तो और बड़ा जुल्म है। गंदा रहने के लिए लड़कों को नीचा दिखाना उनके जानवाधिकारों का हनन है।

दरअसल कोई भी काम करने से पहले लड़के खुद से तीन सवाल पूछते हैं—पहला, क्या इसे टाला भी जा सकता है? दूसरा, क्या इसे करने से कोई लड़की इम्प्रेस हो सकती है? तीसरा, क्या इसे करने से कोई पैसा मिलेगा?

बिना किसी फायदे के सिर्फ साफ-सुथरा रहने के लिए साफ-सुथरा रहने की दलील उन्हें इम्प्रेस नहीं कर पाती। साफ-सफाई पर ज्यादा जोर दिया जाए तो उन्हें मितली आने लगती है। लड़के तो खाने के बाद हाथ धोने भी तब जाते हैं, जब घर पर कोई मेहमान आया हो, वरना हाथ को पायजामे के आगे-पीछे रगड़कर वहीं पड़े-पड़े सो जाते हैं। ऑफिस में कोई लड़का रुमाल से हाथ पोंछता दिखे तो समझ जाएँ कि उसकी नई-नई शादी हुई है। रोज नहाकर आनेवाले लड़कों को 'बागी' कहकर उनके साथी WhatsApp ग्रुप से बाहर निकाल देते हैं।

ऊपर से हॉस्टल में रहनेवाले लड़कों के कमरों की दशा तो ऐसा विषय है, जिस पर संयुक्त राष्ट्र संघ विशेष सत्र बुलाकर चर्चा कर सकता है। भारतीय लड़कों के कमरों की हालत पर अमेरिकी सुरक्षा सलाहकार ने तो यहाँ तक भी कहा था कि ऐबटाबाद की हवेली में छिपने के बजाय अगर ओसामा

बिन लादेन किसी भारतीय लड़के के हॉस्टल के मैले कपड़ों में छिपा होता तो अमेरिकी फौजें दस जन्म तक उसे नहीं ढूँढ़ पातीं।

अब इस तरह जीने के लिए कोई हम लड़कों या बाकी आलसियों को कितना भी गरियाए, पर मैं पूछता हूँ कि इसमें किसी को तकलीफ क्यों है? क्यों यह जालिम जमाना आलसियों को उनके हाल पर नहीं छोड़ देता?

दुनिया को समझना होगा कि उसकी नजरों में भले ही आलसी आदमी अपनी चीजें सलीके से नहीं रखते, मगर हम आलसियों के दिमाग में उस बिखराव में भी ऐसी व्यवस्था छिपी होती है, जिसे सिर्फ हम ही जानते हैं। हमें पता होता है कि 17 अखबारों के नीचे हमारा चश्मा कहाँ दबा है, बेड से सिर्फ कितना सामान हटाने पर वहाँ लेटा जा सकता है, बिना बिस्तर से निकले कितने डिग्री बाएँ झुककर बगल वाली शेल्फ से रिमोट उठाया जा सकता है।

कितने घंटे तक चाय के जूठे कप कमरे में छोड़े जा सकते हैं, इससे पहले कि उनसे जहरीली गैसों का निर्माण होने लगे। प्यास से जान निकलने पर भी कितनी देर तक उसे और सहा जा सकता है, ताकि किसी और के कमरे में आने पर उसी को बोल दें कि भाई, फ्रिज से पानी की बोतल पकड़ाते जाना! हम आलसी ऐसे ही होते हैं और हमें इस पर गर्व है।

ऐसे में घर का कोई सदस्य हमारी अव्यवस्था में व्यवस्था लाने की कोशिश करे तो हमारी सारी व्यवस्था बिगड़ जाती है।

कुछ दिन पहले की बात है। मैं आधे घंटे से पूरे घर में उसे ढूँढ़ रहा था। सारा कमरा ऊपर–नीचे कर डाला। गुस्सा हद से बाहर निकल चुका था। किसी का कत्ल करने से सिर्फ तीन मिनट दूर था।

तभी बीवी ने पूछा, "क्या ढूँढ़ रहे हो?"

मैंने कहा, "चश्मा ढूँढ़ रहा हूँ...पता नहीं कहाँ चला गया...मैंने तो कमरे में ही छोड़ा था..."

बीवी ने कहा, "अरे! उसे तो मैंने आपकी टेबल पर 'चश्मे के केस' में रख दिया था!"

...चश्मे के केस में चश्मा! यह भला चश्मा रखने की कौन सी जगह है!

दुनियावालो! क्यों करते हो हमारे साथ ऐसा? बताओ क्यों? भगवान् के लिए हमें हमारे हाल पर छोड़ दो। हमारी जिंदगी में सिस्टम लाने की कोशिश मत करो। मत सिखाओ हमें अनुशासन।

सालों पहले स्वामी विवेकानंद ने कहा था कि मैं चाहता हूँ कि आत्मानुशासन सीखने के लिए भारतीय एक बार पश्चिम का दौरा करें। सिर्फ यही बात मुझे कुछ ठीक लगती है। सरकार अगर किसी ट्रैवल एजेंसी से मेरा महीने भर का यूरोप-अमेरिका का मुफ्त पैकेज करवाकर, हाथ में पाँच-दस लाख नगद पकड़ाकर और सिफारिश कर ऑफिस से छुट्टियाँ भी दिलवा दे, तो मैं पक्का इसी वक्त सुधरने के लिए तैयार हूँ। और अगर ऐसा नहीं कर सकते तो भगवान् के लिए हमें हमारे हाल पर छोड़ दो। दूर ही रहो हमसे।

□

RJ नंबर वन

मुझे एफ.एम. चैनल्स की यह बात बिल्कुल अच्छी नहीं लगती, जो वे बीच-बीच में गाने चलाकर लोगों को सुनने ही नहीं देते कि कौन सा बिल्डर कहाँ नया मकान बना रहा है।

मैं खुद पिछले छह महीने से अलग-अलग एफ.एम. स्टेशन सुनकर प्रॉपर्टी डीलर बनने की कोशिश कर रहा हूँ, मगर ये लोग हर 15 मिनट में गाना चलाकर मेरी एकाग्रता भंग कर देते हैं।

इसके बावजूद ज्यादातर रेडियो जॉकीज के लिए मेरे मन में काफी इज्जत है, क्योंकि यह वाकई आसान नहीं है कि आप दिन-रात, सुबह-शाम, साल-दर-साल घटिया जोक सुनाएँ और फिर उसे इंजॉय भी करें, क्योंकि आप भी जानते हैं कि जब तक आप ही अपने जोक पर जोर-जोर से नहीं हँसेंगे, तब तक लोग कैसे मानेंगे कि जो बात आपने सुनाई वो वाकई मजेदार थी।

आपके जोक पर श्रोता को हँसी नहीं आ रही, मगर आपके जोर से हँसने पर उसके ऊपर यह दबाव बनता है कि शायद मैं ही मूर्ख हूँ, जो इसकी बात नहीं समझ पा रहा और वह अपनी ही नजरों में शर्मिंदा होने से बचने के लिए अकेला गाड़ी में हँसने लगता है।

अच्छी बात यह है कि ज्यादातर रेडियो जॉकी भी जानते हैं कि जो काम वे कर रहे हैं, उसका ताल्लुक 'कला' से कम और 'हिम्मत' से ज्यादा है। तभी तो उनमें से कोई खुद को 'डॉन' कहता है, कोई 'दबंग' और कोई 'खुराफाती'।

वरना आप खुद सोचिए, गाना सुनानेवाला आदमी 'डॉन' या 'दबंग' कैसे हो सकता है? क्या भारत में तालिबान का राज है, जो यहाँ गाना सुनाने की मनाही है और एक आदमी लोगों को गाने सुनाकर दबंगई दिखा रहा है? क्या वह गानों की स्मगलिंग करके उसे भारत में लाता है, जो खुद को डॉन बता रहा है या जो गाने वह सुना रहा है, बिना उसकी इज़ाजत उन्हें वह सिंगर भी नहीं सुना सकता, जिसने उसे गाया था!

इसी तरह गाना सुनानेवाला शख्स 'खुराफाती' कैसे हो सकता है? क्या वह मेहदी हसन की गजल बताकर टोनी कक्कड़ का गाना सुना देता है? या वह इसलिए 'खुराफाती' है, क्योंकि उसने आपसे दुनिया भर का संगीत सुनाने का वादा किया था और अपने प्रोग्राम में वह आपसे सट्टे का नंबर गेस करवा रहा है।

अगर किसी अनजान आदमी को छलावे में रखकर उसे परेशान करना खुराफात है तो खुराफाती मेरी सोसाइटी के वे बच्चे हैं, जो डोरबेल बजाकर सीढ़ियों से भाग जाते हैं। इस तरह तो सबसे ज्यादा खुराफाती वह रेहड़ीवाला है, जो काने सेबों पर स्टीकर लगाकर बेच रहा है।

और यह दुस्साहस यहीं पर खत्म नहीं होता। घटिया चुटकुले सुनाते हुए खुद को 'दबंग' और 'डॉन' की उपाधि से नवाजने के बाद हर दूसरा RJ खुद के नंबर वन RJ होने का दावा भी करता है।

मतलब इतने लोग तो दिल्ली में एफ.एम. सुन नहीं रहे, जितने खुद को दिल्ली का नंबर वन RJ बता रहे हैं। मोमोज बेचनेवालों से ज्यादा तो शहर में नंबर वन RJ हो गए हैं। ड्राइव करते वक्त डर लगता है कि गाड़ी किसी नंबर वन RJ से न टकरा जाए। नहाते वक्त साबुन भी नीचे गिर जाए तो साबुन से पहले कोई नंबर वन RJ हाथ में आ जाता है।

दो दिन पहले की बात है। किसी ने 10 हजार लोगों की भीड़ पर पत्थर मारा। वह पत्थर जिसे लगा, वह शहर का नंबर वन RJ था। भीड़ में उसकी मदद करने एक आदमी आगे आया, जिसके बारे में कुछ लोगों ने बताया कि वह शहर का नंबर वन RJ है।

असुविधा के लिए खेद नहीं है

भारत में जब से रेलगाड़ियाँ चल रही हैं, तब से वे देरी से ही चल रही हैं और जब से वे देरी से हैं, तब से ही इस देरी के लिए खेद प्रकट किया जा रहा है। प्लेटफॉर्म पर खड़ा मैं गाड़ी का इंतजार कर रहा हूँ और उद्घोषिका कई गाड़ियों के देर से आने की सूचना देने के बाद यह कहते हुए अफसोस भी जाहिर कर रही है कि इनकन्वीनियंस कॉज्ड टू यू इज डीपली रिग्रेटिड।

सोच रहा हूँ कि जो बंदी बार-बार डीपली रिग्रेटिड बोल रही है...क्या वह वाकई गाड़ियों के देर से आने पर बुरी तरह आहत है? अगर है, तो क्या इस अफसोस में वह घर जाकर बाथरूम बंद करके रोएगी या फिर शर्मिंदगी में सारी रात सो नहीं पाएगी?

चूँकि मेरी गाड़ी भी लेट है, इसलिए मैं अपना 'अफसोस चिंतन' जारी रखता हूँ और सोचता हूँ कि किसी भी व्यस्त रेलवे स्टेशन पर एक रेलवे उद्घोषिका को हर रोज ऐसी ढाई-तीन सौ माफियाँ माँगनी पड़ती होंगी। मतलब महीने की 8-9 हजार, साल की 1 लाख और 30 साल की नौकरी में 30 लाख माफियाँ। मतलब रिटायरमेंट के वक्त ग्रैच्युटी और पी.एफ. का जितना पैसा मिला, उतनी ही इस दौरान माफियाँ माँग लीं...30 लाख!

कितनी सुंदर स्थिति है! ट्रेन का काम है देर से आना और उद्घोषक का काम है, इस देरी के लिए माफी माँगना। दोनों ही अपना-अपना काम नियति समझ सम्यक् भाव से कर रहे हैं। इसमें कितना गहरा दर्शन छिपा है।

RJ नंबर वन

उस RJ को अस्पताल ले जाने एक गाड़ी आई, जिसका नंबर RJ 14 जिस पर घायल RJ ने यह कहकर चढ़ने से मना कर दिया कि मैं RJ नंब हूँ। मैं RJ 14 की गाड़ी में नहीं बैठ सकता।

इसके बाद उसका इलाज करने एक डॉक्टर घटनास्थल पर जिसके बारे में पता चला कि वह भी RJ नंबर वन है और एफ.एम. पर का डॉक्टर' के नाम से प्रोग्राम होस्ट करता है।

घटना पर बात करने के लिए घायल RJ नंबर वन के पास 3 रि के फोन आए। उन सबका कहना था कि वे इंडिया के नंबर वन चैन बोल रहे हैं।

नंबर वन RJ का यह किस्सा कल मैंने मेट्रो में एक आदमी को तो उसने खींचकर मुझे थप्पड़ मारा और बोला कि तुम्हारी हिम्मत कै मेरा मजाक उड़ाने की!

न सुधरने के प्रति आप कितने भी ढीठ क्यों न हों, मगर इतने भी ढीठ न बनें कि अपनी वजह से दूसरों को होनेवाली तकलीफ के लिए माफी भी न माँग सकें। फिल्म 'जिंदगी न मिलेगी दोबारा' में नसीरुद्दीन शाह बचपन में ही छोड़ दिए अपने बेटे फरहान से माफी माँगते हैं, तो फरहान का जवाब होता है...जिस दिन आप दिल से गलती महसूस करो, उस दिन माफी माँगना।

सोचता हूँ कि ढाई सौ प्रतिदिन के हिसाब से माफी माँगती उद्घोषिका भी लोगों की तकलीफ को अगर दिल से महसूस करने लगे तो रात तक बेचारी का रो-रोकर बुरा हाल हो जाए। वह मासूम तो एक हफ्ते में ही डिप्रेशन में आकर नौकरी छोड़ दे।

इसलिए मुझे लगता है, असुविधाओं की माफी माँगने की यह कुप्रथा अब बंद होनी चाहिए। न हम भारतीय इन असुविधाओं से मुक्ति चाहते हैं, न भारतीय रेलवे को किसी अंतरराष्ट्रीय साजिश का शिकार होकर मॉडर्न होने की जरूरत है। इसलिए बजाय समस्याओं को दूर करने के, रेलवे को चाहिए कि वह इन समस्याओं का ही आधुनिकीकरण कर दे। मसलन—

- रेलवे लगातार भरोसा दे रही है कि हम खाने की क्वालिटी सुधारेंगे, मगर ट्रेन का खाना उस ढीठ बच्चे की तरह है, जो सुधारने की हर कोशिश के बाद पहले से ज्यादा बिगड़ जाता है। इसलिए ढंग का खाना देने के बजाय रेलवे को एक कागज पर खाने की रेसिपी, भोजन की जन्मतिथि, कैंटीन के चूहों की मोटाई और कॉकरोचों की ब्लड रिपोर्ट थाली के साथ एक परची पर लिखकर उपलब्ध करानी चाहिए, ताकि बाद में बीमार पड़ने पर डॉक्टर को यह बताने में आसानी रहे कि हम क्या खाकर बीमार पड़े हैं।
- पटरियों के किनारे कतारबद्ध हलके होते लोग भारतीय रेलवे का वह मनोहारी दृश्य प्रस्तुत करते हैं, जिसे देखकर रेलयात्री सालों से अंदाजा लगाते रहे हैं कि अगला स्टेशन आनेवाला है। हम नहीं चाहते कि इस गौरवशाली परंपरा को रोका जाए। पर वक्त आ गया है कि पटरी किनारे हलका होनेवालों के लिए अब वेस्टर्न

टॉयलेट की व्यवस्था की जाए। इससे देश की छवि भी सुधरेगी और ऐसे लोगों को भी आसानी रहेगी, जिन्हें घुटनों में दर्द की वजह से बैठने में दिक्कत आती है।

- देश के हर प्लेटफॉर्म पर फौरन से पेश्तर गद्दे लगाए जाएँ, ताकि छत पर सफर कर रही सवारियाँ स्टेशन आते ही सीधा इन गद्दों पर कूद जुल्फें झटकते हुए घर जा पाएँ। जिन्हें ऊँचाई से कूदने में डर लगता है, उनके लिए पैराशूट की व्यवस्था की जाए। जिन्हें पैराशूट से भी डर लगता है, उन्हें प्लेटफॉर्म आने पर खुद स्टेशन मास्टर अपनी गोदी में लेकर नीचे उतारे।
- आखिरी समय में दौड़कर ट्रेन पकड़नेवालों के लिए घोड़ों और शेयरिंग ऑटो की व्यवस्था की जाए। इस तरह दौड़कर ट्रेन पकड़नेवालों का उत्साह बढ़ाने के लिए चीयर गर्ल्स भर्ती की जाएँ। चीयर गर्ल्स के चक्कर में हर बार लेट आनेवालों को यात्री गाड़ी के बजाय कोयलेवाली मालगाड़ी से घर भेजा जाए।
- सफर के दौरान टी.टी. को दी जानेवाली रिश्वत पर यात्रियों को टैक्स रिबेट दी जाए। ऐसी रिश्वत पर यात्रियों को सेक्शन 80सी के तहत छूट दी जाए। यात्री छूट का फायदा उठा सकें, इसलिए रिश्वत देने के बाद उन्हें ट्रेन में ही टी.डी.एस. सर्टिफिकेट उपलब्ध कराया जाए।
- भारतीय प्रेमी दुनिया का इकलौता प्राणी है, जो अपने प्यार का इजहार प्रेमिका के सामने करने के बजाय टॉयलेट की दीवारों पर लिखकर करना पसंद करता है। उसकी इसी पसंद का खयाल रखते हुए ट्रेन के टॉयलेट में मग्गेवाली चेन के साथ लाल (मैंने जोड़ा) स्केच पेन भी बाँधा जाए।
- प्रेमिका के नाम टॉयलेट में लिखी शायरियों की प्रतियोगिता आयोजित की जाए। उनमें से चुनिंदा शायरियों का संकलन कर रेलवे 'पेट के मरोड़' के नाम से पुस्तक छापे। रेलवे बजट के

वक्त 'शौचालय शायरी प्रतियोगिता' के विजेताओं की घोषणा की जाए और जीतनेवाले को 10 दिन तक बिना नागा सुबह-शाम रेलवे स्टेशन की चाय पिलाई जाए, ताकि एक ही झटके में उसकी अंतरात्मा और उसके अंदर पनप रहा प्यार का कीड़ा; दोनों मर जाएँ।

कीड़े और आशिक में फिर भी जान रह जाए तो कमरा बंद करके उन्हें रामदास अठावले की शायरी सुनाई जाए। उम्मीद है कि मरीज और मर्ज दोनों ही नहीं बचेंगे।

□

अगर आज रावण जिंदा होता?

अगर आज रावण जिंदा होता तो न तो पूरे मुँह की सेल्फी ले पाता और न ही दस सिरों के साथ फोटो खिंचवा आधार कार्ड बनवा पाता। बाइक से ज्यादा खर्चा उसका हेलमेट खरीदने में आ जाता, बिना हेलमेट के दस चालान कटने पर उसके बरतन बिक जाते।

हर महीने 10 सिरों की कटिंग कराने के लिए उसे एफ.डी. तोड़नी पड़ती। कंडक्टर के मना करने के बावजूद उसका एकाध सिर खिड़की से बाहर निकल ही जाता। फिल्म देखने जाता तो पूरी-की-पूरी 'रो' बुक करनी पड़ती। सभी सिरों के लिए पॉपकॉर्न खरीदता, तो बिलिंग काउंटर पर सोने की लंका गिरवी रखवाकर जहाँगीरपुरी में झुग्गी किराए पर लेनी पड़ती।

सच में उसके लिए बड़ा झमेला हो जाता। मगर बड़ा सवाल यह है कि अगर आज रावण जिंदा होता, तो क्या उसे इतनी आसानी से मार दिया जाता? मारा जाता भी या नहीं? कुछ संभावित प्रतिक्रियाओं के आधार पर शायद ऐसा हो सकता था।

रावण माँ सीता का अपहरण कर उन्हें अपने साथ ले जाता। स्थानीय पुलिस थाने में इसकी शिकायत की जाती। यह जानने के बाद कि रावण जिस जाति का है, वह तो राज्य सरकार का बड़ा वोटबैंक है, पुलिस एफ.आई.आर. दर्ज करने से इनकार कर देती। शिकायत करनेवालों को बैन के बावजूद पॉलिथीन यूज करने के जुर्म में जेल में डाल दिया जाता। उलटा उनसे यह साबित करने के लिए कहा जाता कि क्या वाकई अपहरण हुआ है या दोनों अपनी सहमति से साथ भागे हैं?

इसके बाद हनुमान के राम की मदद के लिए आगे आने की खबर पा सरकार में हड़कंप मच जाता। हनुमान पर दबाव बनाने के लिए पुलिस उनके कुछ साथी बंदरों को केले चुराने के जुर्म में अंदर कर देती। दूसरों की फ्रूटी छीनकर पीने के लिए केस चलाए जाते। खुद हनुमान को किसी की बालकनी से मंकी कैप चुराने के जुर्म में गिरफ्तार कर लिया जाता।

राम को और कमजोर करने के लिए लक्ष्मण को इनोवा भेजकर गुप्त बातचीत के लिए बुलाया जाता। राम का साथ छोड़ने पर उन्हें राज्यसभा में सीट का लालच और 'बाल हनुमान' की तर्ज पर दूरदर्शन पर 'भला लक्ष्मण' के नाम से 52 एपिसोड का प्रोग्राम शुरू करने का भरोसा दिया जाता।

कहीं से मदद न मिलती देख पीड़ित पक्ष सोशल मीडिया का रुख करता। अपने कुछ साथियों की मदद से ट्विटर पर 'भगौड़ा रावण, जालिम सरकार' हैशटैग ट्रेंड करवाया जाता। फेसबुक पर 'मिसिंग सीता' के नाम से पेज बनाकर लोगों से सीता को ढूँढ़ने में मदद माँगी जाती। आखिरकार सोशल मीडिया के बढ़ते दबाव में पुलिस काररवाई को मजबूर होती।

इससे पहले कि पुलिस हरकत में आती, सरकार के इशारे पर रावण खुद ही माँ सीता को अयोध्यावाली सीधी बस में बिठा थाने में सरेंडर कर देता। माँ सीता के अपहरण और बाकी गुनाहों के लिए उसे सजा-ए-मौत सुनाई जाती।

सजा की घोषणा होती ही कुछ मानवाधिकार कार्यकर्ता उसके पक्ष में कैंपेन चलाते। आधी रात को सुप्रीम कोर्ट खुलवा उस पर सुनवाई होती। राष्ट्रपति के पास उसकी जान की माफी की अर्जी लगाई जाती। सालों तक अर्जी और साँसें अटकी रहतीं। इस पर दशकों राजनीति चलती।

रावण बुड्ढा हो दमे और टीबी का मरीज हो जाता। वह माफी की अर्जी वापस ले, इच्छामृत्यु की अर्जी लगा देता। फिर एक दिन अपनी मौत और उस पर हो रही राजनीति से जुड़ी टी.वी. कवरेज से परेशान होकर रावण खुद ही जेल में ही फाँसी लगा लेता।

□

चॉकलेट का प्रसाद

फिल्मी अभिनेत्रियों की तसवीरें, अंग्रेजी अखबार का वह कंटेंट है, जिसमें हिंदीभाषी पाठक की सबसे ज्यादा रुचि होती है। मैं भी यही कर रहा हूँ। तसवीरें देख रहा हूँ और पाँच रुपए की बरबादी की आत्मग्लानि के भँवर में फँसने से खुद को बचा रहा हूँ। बहुत सी सुंदर बालाएँ इस रेस्क्यू ऑपरेशन में मेरी मदद कर रही हैं। एक जगह 35 हजार की 'सस्ती ई.एम.आई.' पर मर्सिडीज खरीदने का ऑफर है तो दूसरी तरफ मात्र पौने दो करोड़ में वैली फेसिंग विला खरीदने का प्रस्ताव!

दोनों ही ऑफर्स को लात मार मैं आगे बढ़ता हूँ। जिस पन्ने पर अब मेरी निगाह पड़ी है, वह मेरे घर बैठने के सख्त खिलाफ है। जगह-जगह घूमने-फिरने के दसियों ऑफर हैं। कोई 30 हजार में 3 दिन मनाली घुमा रहा है तो कोई डेढ़ लाख में ऑस्ट्रेलिया ले जा रहा है। किसी की दिली ख्वाहिश है कि बस एक बार उसके कहने पर मैं दो लाख का मामूली भुगतान कर यूरोप हो आऊँ।

पढ़ते-पढ़ते अचानक मुझे घनश्याम की याद आ गई, जो कल ही मेरठ जाने के लिए मुझसे डेढ़ सौ रुपए ले गया है। इस वादे के साथ कि 3 दिन में वापस आ जाएगा, क्योंकि इन्हीं पैसों से आगे मुझे भी घर जाना है। एक बार फिर अखबार पर नजर पड़ती है। विज्ञापन कहता है कि 2 साल के लिए सिर्फ 25 हजार की मामूली ई.एम.आई. पर मैं अमेरिका भी घूम सकता हूँ।

दो महीने पहले एक एल.आई.सी. एजेंट से मिला था। जिस तरह महिलाएँ तीन सौ की रेंज बता दुकानदार को 'बढ़िया सूट' दिखाने को कहती हैं, उसी

तरह मैंने भी हजार–बारह सौ के सालाना प्रीमियम पर उसे 'बढ़िया स्कीम' बताने के लिए कहा। उसने विस्तार से योजना समझाई, जिसका निष्कर्ष यह था कि अगर मैं सभी किस्तें देता रहूँ तो बारह साल बाद मुझे बीस हजार की 'रकम' मिलेगी। उसके तरीके से साफ था कि बीस हजार के साथ 'रकम' शब्द का इस्तेमाल उसने सिर्फ मेरा दिल खुश करने के लिए किया था।

मैं सोचने लगा कि अगर 12 साल तक दिन–रात मेहनत कर रुपया जोड़ूँ तो भी सिंगापुर में (3 दिन और 4 रातें या इसका उलटा होना चाहिए) नहीं गुजार सकता। यह सोच मुझे घबराहट होने लगती है। अपनी इस भज्जर गरीबी पर मुझे रोना आने लगता है। सोचने लगता हूँ कि आखिर मेरी जिंदगी की पुस्तक में अखबार का यह पन्ना कब जुड़ेगा।

मैं पन्ना जोड़ने की सोच ही रहा था कि तभी जख्मों पर चिली फ्लेक्स डालने मेरा पड़ोसी आ जाता है। यह वह कमजर्फ है, जिससे साल भर मेरी कोई बात नहीं होती। बिना मतलब कभी दुआ–सलाम नहीं करता। मगर साल–दो साल में जब भी यह विदेश घूमकर आता है तो अपनी विदेशी चॉकलेट का दीया रगड़ने मेरे घर की चौखट पर जरूर आता है।

अपने बी.पी.एल. पाठकों को बता दूँ कि आम आदमी जब घूमकर आता है तो वैष्णो देवी, शिरडी या खाटू श्यामजी का प्रसाद खिलाता है, मगर बड़े लोग जब भी विदेश घूमकर आते हैं तो विदेशी चॉकलेट खिलाते हैं। विदेश घूमकर आनेवाले हर आदमी के लिए चॉकलेट वैष्णो देवी के उस प्रसाद की तरह है, जिसे वो घर वापस आकर सामने पड़नेवाले हर आदमी को बाँटता है।

ऐसे लोग, जो बुलडोजर के नीचे आने पर भी आपका हाल नहीं पूछते, विदेश से लौटने के बाद आपके बाथरूम की खिड़की तोड़कर नहाते वक्त आपके मुँह में चॉकलेट ठूँसकर चले जाते हैं। आई.सी.यू. में भर्ती परिचितों के मुँह से ऑक्सीजन की नलकी निकालकर चॉकलेट डालकर आते हैं। मोहल्ले के जो लोग साल भर पहले गुजर गए थे, ये उनकी कब्रों पर जाकर चॉकलेट चढ़ाकर आते हैं। बिलेटेड श्राद्ध मनाकर मोहल्ले के कौओं को उनकी चॉकलेट खिला देते हैं।

और यह कहने में कोई हर्ज नहीं कि मेरा यह पड़ोसी भी उसी श्रेणी का दुर्दांत अपराधी है।

ऐसा नहीं कि यह विदेश घूम आने की खुशी में सच में मेरा मुँह मीठा कराने आता है। दरअसल चॉकलेट के बहाने यह अपनी विदेश यात्रा के किस्से सुनाकर मेरा मन खट्टा करना चाहता है।

वह बताने आया है कि जिस वक्त तुम जून की भरी दोपहरी में कूलर के पैड चेंज कर रहे थे, उस वक्त हम स्विस आल्प्स की पहाड़ियों पर एक-दूसरे पर बर्फ के गोले मार रहे थे। जिस वक्त तुम दिन में छठी बार 'लाइट आ गई, लाइट आ गई' बोलकर खुशी से हवा में छलाँगें मार रहे थे, उस दौरान हम ऑकलैंड के नीले आसमान में बंजी जंपिग का मजा लूट रहे थे।

चॉकलेट देने के पीछे ऐसे लोगों का एक ही मकसद होता है कि आप पूछें 'किस बात की?' और सेकेंड के एक हजारवें हिस्से में वे बता दें कि वे लास्ट मंथ फैमिली के साथ यूरोप गए थे।

यह अच्छे से जानता है कि पिछले तीन साल से आप गाजियाबाद बॉर्डर के बाहर नहीं गए। आखिरी बार मसूरी भी तब घूमने गए थे, जब आपकी देहरादूनवाली कान सुनी बुआ की डेथ हो गई थी। गन्ने की ट्रॉली से लटककर ऋषिकेश जाने और वहाँ धर्मशाला में रुकने का प्लान भी आपने इसलिए कैंसिल कर दिया था, क्योंकि ट्रिप 'ओवर बजट' हो रहा था, मगर फिर भी यह जालिम इनसान पीसा की झुकी हुई मीनार की तसवीरें दिखाकर आपको अपनी ही नजरों में और झुकाकर, आपकी इज्जत को पीसकर, उसका चूरा बनाकर हवा में उड़ाना चाहता है।

वह यही सब करने आपके घर आया है। मगर दोस्तो! ठीक यहीं से आपके भी काइयाँपन का असल इम्तिहान शुरू होता है। वह तो नीच बनने की कोशिश कर रहा है, आप तो हैं ही। इसलिए हिम्मत नहीं हारनी है।

भले ही आपने पिछली छुट्टियाँ मथुरा-वृंदावन घूमते हुए बिताई हों, मगर यूरोप जाने की बात सुनकर इस आत्मविश्वास के साथ 'ओके' बोलना है, जैसे—आपका बचपन मैड्रिड और रोम की गलियों में झालमुड़ी खाते हुए

बीता हो। इस आत्मविश्वास से बात सुननी है, जैसे—कॉलेज के बाद खुद आपकी समर इंटर्नशिप व्हाइट हाउस में हुई है। और अमेरिकी मीडिया से बहुत पहले आप ही वह शख्स थे, जिसे पता था कि क्लिंटन भाई साहब की डेस्क के नीचे मोनिका दीदी क्या कर रही थीं।

इसलिए सामनेवाला अपने अनुभवों से कितना भी हैरान करे, मगर अपने दिल की तरह आपको अपना चेहरा भी पत्थर बनाए रखना है। सामनेवाला उम्मीद कर रहा है कि आप 'ओके' के बाद उससे कुछ पूछेंगे। ...कितना खर्च आया...कहाँ-कहाँ घूमे...सबसे अच्छा क्या लगा? वह उम्मीद लगाए बैठा है, उसके पास सुनाने के लिए ढाई लाख किस्से हैं, मोबाइल में भरी पचास लाख तसवीरें हैं, मगर 10 रुपए की चॉकलेट के बदले आपको ऐसे किसी दबाव में नहीं आना।

वह प्रेम प्रस्ताव के जवाब का इंतजार कर रहे उस लाचार युवा की तरह आपका मुँह ताक रहा है, जिसे लड़की ने कहा था कि कल सोचकर बताऊँगी, मगर आपको कुछ नहीं बताना। आपको मुँह में गुटखा दबाए उस आदमी की तरह बैठे रहना है, जिसके मुँह का दरवाजा कोई 'दया' भी नहीं खोल सकता।

आपके इस बरताव पर उसका दिल करेगा कि वह अपने हाथ की नस काट ले या उँगली मारकर आपके मुँह से चॉकलेट निकाल ले, मगर आपको घबराना नहीं है।

और आखिर में हर तरह से हताश, निराश, उदास और निढाल होकर जब वह जाने लगे तो पीछे से आवाज देकर यह जरूर कहना, "भाईसाहब, 10 दिनों से क्या मस्त बारिश हो रही है, स्साला यहीं स्विट्जरलैंड बना हुआ है।"

मतलब तुम ही गधे हो, जो लाखों रुपए बरबाद कर विदेश घूमकर आए हो, हम तो यहीं लोनी में मौज काट रहे हैं!

□

हमदर्दी के सर्टिफिकेट

किसी ज्योतिषी को हाथ दिखाने पर कुछ बातें अकसर सुनने को मिलती हैं, 'बेटा, तुम जो डिजर्व करते हो, वो तुम्हें अभी तक मिला नहीं।', 'तुम तो लोगों के साथ बहुत बढ़-चढ़कर करते हो, मगर तुम्हें हमेशा धोखा मिला है।' यह सुनकर शुरू में मैं भावुक हो जाता था, मगर वक्त के साथ जाना कि मुझे ही नहीं, ज्यादातर लोगों को यही घुट्टी पिलाई जाती है।

गौतम अडाणी भी हाथ दिखाने चले जाएँ तो ज्योतिषी उन्हें भी यही कहेंगे कि बेटा गौतम, तुम जो डिजर्व करते थे, तुम्हें वह मिला नहीं। बैंकों के 11 हजार करोड़ खाकर बैठे विजय माल्या को भी ज्योतिषी कह देगा, 'बेटा Victory, तुम्हें हमेशा लोगों ने धोखा ही दिया है।'

दरअसल हर इनसान अपने भीतर यह विश्वास पालकर बैठा होता है कि अगर वह सच्चे दिल से कुछ चाहेगा तो सारी कायनात अपना पूरा जोर लगा देगी कि कैसे उसे वह चीज न मिले। वह हरदम अपने दिमाग में दुनिया से काल्पनिक लड़ाइयाँ लड़ रहा होता है। वह हमेशा ऐसा मैच खेल रहा होता है, जिसमें 'वो' VERSUS 'संपूर्ण ब्रह्मांड' होता है।

मेरी शुरुआती नौकरी में ऑफिस का एक सहकर्मी अकसर यह शिकायत किया करता था कि कैसे बॉस उसके खिलाफ राजनीति कर रहा है। उसे आगे बढ़ने नहीं दे रहा, जबकि पूरा ऑफिस जानता था कि वह एक नंबर का महाक्लेशी आदमी है। वह उन लोगों में था, जो कुत्ते की पूँछ पर पटाखा बाँधकर तमाशा देखते हैं। उसे कोई भी जिम्मेदारी दी जाती तो

वह अपने अंडर लोगों को परेशान करने लगता। इस सबसे तंग होकर उसे उसके हाल पर छोड़ दिया गया। मगर यह उसका दुस्साहस ही था कि इस सबके बावजूद वह खुद को ही पीड़ित और मासूम मानता था। न सिर्फ खुद मानता था, बल्कि इस बात की जिद भी करता था कि दुनिया भी उसको पीड़ित होने का सर्टिफिकेट दे।

मुझसे भी उसने अपने खिलाफ की जा रही अंतरराष्ट्रीय साजिशों की कहानी सुनाकर ऐसा सर्टिफिकेट लेने की कोशिश की, लेकिन मैंने हर बार दस्तखत करने से मना कर दिया।

उसे सीधे शब्दों में समझाने की कोशिश की—"भाई, अगर हमें लगता है कि हम बहुत प्रतिभाशाली हैं और संस्था को हमारे Talent की कद्र नहीं, तो हमें खुद के लिए ऐसी संस्था ढूँढ़ लेनी चाहिए, जो हमारा हुनर पहचान सके। अगर कोई और संस्था भी इतनी खुशनसीब नहीं है कि हम जैसे हीरे को परख सके, तो खुद ही अपना कुछ काम कर लेना चाहिए। वैसे भी अंग्रेजी में कहावत है—'Why Fit In When You Are Born To Stand Out.' धरती पर भेजने से पहले ब्रह्माजी ने हमारे माथे पर इस संस्था की मोहर लगाकर थोड़े भेजा है, जो कोई और कंपनी हमें लेगी नहीं।"

बात स्पष्ट थी। मैं उसे सीधे-सीधे दुःखों से मुक्ति का रास्ता बता रहा था। मगर उसे मुक्ति नहीं, मेरी हमदर्दी की स्याही लगा सर्टिफिकेट चाहिए था। संस्था से निकलकर दूसरी जगह जाकर नौकरी ढूँढ़ना मुश्किल काम था। उसी कंपनी में पड़े-पड़े खुद को पीड़ित मानना आसान विकल्प था। मैं उसे मुश्किल विकल्प सुझा रहा था। उससे उसके पीड़ित होने का अहसास छीन रहा था। उसे सर्टिफिकेट देने से मना कर रहा था। मेरी इस मनाही से नाराज होकर उसने मुझसे बात करनी ही बंद कर दी और इसके लिए मैं आज भी उसका अहसानमंद हूँ।

किसी ने खूब कहा है कि सफलता के सारे द्वार हमारे कंफर्ट जोन से बाहर खुलते हैं। पर होता यह है कि हम सब जिंदगी में बड़ी जल्दी सेटल होने की कोशिश करने लगते हैं। जो पहली नौकरी और पद मिल जाता है, उसे ही

पकड़े रखना चाहते हैं। बाहर निकलकर अपनी ताकत आजमाना बंद कर देते हैं। आजमाइश न करने पर हम अपनी ताकत खुद भूल जाते हैं। कुछ वक्त बाद Self-doubt का शिकार हो जाते हैं। अपनी प्रतिभा के लिए सारा न्याय उसी संस्था में ढूँढ़ने लगते हैं और जब वह नहीं मिलता तो कहते हैं कि बॉस कमीना है। दुनिया हरामजादी है। कोई मुझे आगे बढ़ने नहीं दे रहा। कुत्ते की तरह दुनिया की दुम पर पटाखे की लड़ी बाँधकर उसमें आग लगा दो।

फिर 100 रुपए लेकर भविष्य बतानेवाला कोई फर्जी बाबा जब कहता है कि बेटा, तुम जो डिजर्व करते थे, तुम्हें वह मिला नहीं तो लगता है कि साक्षात् ईश्वर के दर्शन हो गए। जब वह कहता है कि तुम्हें आज तक किसी ने समझा नहीं, तो अपने लिए बेचारगी का प्रमाण-पत्र ढूँढ़ रहा शख्स भावुक होकर बाबा के गमछे से आँसू पोंछने लगता है। वह गमछा, जिससे खुद बाबा दिनभर नाक पोंछते हैं।

भविष्य बाँचनेवाला भी जानता है कि उसके पास आया शख्स खुद को पीड़ित मानता है। दारू पीकर रोज बच्चों को पीट देनेवाला शख्स भी आकर यह नहीं कहेगा कि बाबाजी! मैं बहुत घटिया हूँ, बताइए, सुबह-शाम अपनी पीठ पर कितने कोड़े मारूँ?

वह यही कहेगा कि बाबाजी, बच्चे बड़े हरामी हैं। बीवी बड़ी कर्कशा है। इनसे परेशान होकर मुझे दारू पीनी पड़ती है और जब ये नहीं मानते तो कभी-कभार हाथ उठा देता हूँ। बताइए क्या करूँ ऐसे बीवी-बच्चों का, जो मुझसे हाथ उठवाने जैसा नीच काम करवा रहे हैं? इन्हें सुधारने का कुछ उपाय बताइए।

हकीकत यह है कि दुनिया सिर्फ कामयाबी का जश्न मनाती है। आपकी बहानेबाजियों में उसकी कोई दिलचस्पी नहीं। इतिहास में आज तक एक भी ऐसे आदमी को याद नहीं रखा गया, जिसमें Talent तो बहुत था, लेकिन उसकी मजबूरी की दलीलें बहुत मजबूत थीं। और दुनिया ने उन मजबूत दलीलों के सम्मान में उसे हॉल ऑफ फेम में जगह दे दी। अफसोस, ऐसा कभी नहीं हुआ। इसलिए अब यह हम पर है कि हमारे लिए वह कामयाबी

कितनी जरूरी है। वह हमें कितना बेचैन करती है। हमारे अंदर कितनी आग लगाती है।

अंदर बेचैनी है, आग है, तड़प है तो इनसान सारी अगर-मगर के बावजूद वहाँ पहुँच ही जाता है, जहाँ उसे पहुँचना होता है। वो पा ही लेता है, जो उसे पाना होता है और अपने सपनों को लेकर कसमसाहट नहीं है। सपने, सपने न होकर बस ख्वाहिश भर हैं, तो हम सारी जिंदगी अपनी बदहाली के लिए गुनहगार ढूँढ़ते रहते हैं। कभी दूसरे इनसान के रूप में तो कभी दूसरे ग्रह के रूप में। और यह सोचकर खुद को तसल्ली देते रहते हैं कि पंडितजी ने कहा था कि बेटा झंडू, तुम जो डिजर्व करते हो, वह तुम्हें मिला नहीं है।

बशीर बद्र साहब ने कहा है कि कभी मैं अपने हाथों की लकीरों से नहीं उलझा, मुझे मालूम है कि किस्मत का लिखा भी बदलता है। बेशक बदलता है, लेकिन उससे पहले हमें हमदर्दी के सारे सर्टिफिकेट फाड़कर नाली में फेंकने होंगे।

□□□